BIOGRAFIA DO LÍNGUA

Biografia do Língua

MARIO LUCIO SOUSA

Nota dos editores

Por este livro tratar dos cruzamentos da(s) língua(s) portuguesa(s), mantivemos a ortografia tal como o autor escreveu.

(Na língua xhosa não existem palavras para
designar a madrasta e o meio-irmão ou irmão)

Se a história aparece aqui é simplesmente porque ela serviu de pano de fundo à vida de um homem.

Miguel Barnet

PRÉ-HISTÓRIA

Parte deste livro é verídica.

Em 2010, estando eu em Serpa, Alentejo de Portugal, ocorreu-me escrever sobre a vida de uma das profissões mais ingratas que homem algum pôde exercer, a de Língua. Este era um negro que ia como intérprete nos navios de brancos para a compra dos escravos. Ainda no Alentejo, mas desta vez em Ponte de Sor, sonhei com o título e com as primeiras páginas do livro. Por uma dessas inexplicáveis intrincâncias que governam os acontecimentos e me levariam a escrever que a coincidência é o único Deus vivo, sucedeu algo da catadura da mais surreal ficção. Era o dia 15 de Julho de 2010. Estávamos no aeroporto de Lisboa a caminho da ilha do Pico, nos Açores. De repente, assim do nada, o percussionista francês Stéphane Perruchet diz-me: "Tenho um presente para ti".

Foi uma dupla surpresa, pela novidade e também pelo augúrio. Era a primeira vez que eu recebia uma prenda virtual, pois o presente não tinha corpo, nem cheiro, e não era palpável, era um arquivo electrónico, desses que de repente está, mas num clique não está mais. A prenda invisível continha um livro de que eu nunca ouvira falar: *Esclave à Cuba, Biographie d'un cimarrón, du colonialisme a l'indépendance*, de Miguel Barnet. E eu, que não tinha dito a ninguém que estava a escrever um livro, menos ainda um livro sobre um escravo, fiquei espantado. Quando comecei a ler o arquivo, pensei que estava a viver

9

um sonho dentro de outro sonho dentro de outro sonho. Resplandeceu em mim a ideia do que deve ser uma história contada.

Vi-me então feliz a escrever um livro em que a história fosse sobretudo a magnífica missão de contar histórias. Um enredo em que a personagem central é a própria maravilha de contar e de escutar. Talhei assim esta escrita em homenagem à simples história e a todas as pequenas histórias que fazem com que a realidade não seja inimitavelmente penosa.

Construir uma narrativa com base no tempo das histórias, e não no tempo da história, é a linguagem deste livro. Quem ordena o tempo não é o relógio, mas a língua. O tempo cronológico é submetido ao tempo do discurso. Essa técnica ouvi-a da minha avó e dos historiadores de Monte Iria, povoado onde nasci. Contar histórias era uma missão de criar mundos, universos em que um tempo entrava noutro e noutro, sem piedade nem ciência, com o único objectivo milagreiro de parir magia.

Inspirou-me a vida de um homem de rara estirpe, talvez o único neste mundo que viveu o colonialismo, a escravatura, a Abolição, a guerra da independência, a independência, a ocupação, o capitalismo, o imperialismo e o comunismo, sucessivamente e num mesmo lugar. Quando Barnet o entrevistou em 1963, esse homem tinha 104 anos e dizia chamar-se Esteban Montejo.

Eu escolhi a ficção para recontar a vida desse homem, porque os factos da vida de um escravo ultrapassam qualquer realidade e qualquer imaginação actuais. É algo assim só comparável à vida de um perpétuo condenado à morte.

I

Não há na vida nenhuma sensação mais forte do que estar de pé contra um pelotão de fuzilamento.

— Tem algum último pedido?, perguntam-me.

E eu respondo-lhes:

— Tenho sim senhor padre, quero contar uma história.

— Estranho, mas concedido, contesta-me o padre.

Estou a pensar: último desejo é último desejo, já não há volta atrás.

história, história, fortuna do céu, amém,
(assim começam as histórias nas ilhas)

— Posso?

— Hm.

— Tudo começou assim naquele dia: fui chamado ao gabinete do Governador da Província e disseram-me, como numa charada: um preto de sete meses, tão preto, tão preto, que quando se estrear a brincar com as outras crianças poderá esconder-se à sombra e não será visto, está a dar que falar. Tu, soldado, vais investigar e escrever sobre a vida desse preto invisível.

Juro que senti que algo errado, ou de um reino que não deste mundo, tinha acontecido e estava a acontecer. Então, não só por dever, mas também por curiosidade, comecei a minha tarefa.

E eis o que tenho a contar, porque me contaram:

na primeira manhã em que esse preto viu a luz, disseram-me, chorou heroicamente como choram os recém--nascidos, de forma esplendorosa e surpreendente, mas tal qual berrou assim também se calou, de forma repentina e decidida, como fazem os homens determinados.

Logo, esqueceu aliviado o seu primeiro dia e a primeira pessoa que dele se riu, fez assim um jeito com a mão e adormeceu embrulhado no trapo branco que a parteira lhe concedera por berço e enxoval.

A partir desse trapo simbolicamente branco, de negro passaria a ser para sempre chamado.

O menino vivia de olhos e boca fechados no seu presépio elevado a berço. Apenas se viam dez pingos de claridão minúscula a brilhar no firmamento do quarto. Eram as unhas. Mais a sul, na casa dos pezinhos, uma constelação liliputiana indicava os dez dedos, e nada mais se via. Da palma das mãos à sola dos pés, o menino era todo um breu cintilante como uma pancada na vista. Era todo ele uma noite ilustrada. Felizmente, os bebés não têm dentes, esses ossos alvos que traem os negros no escuro. Para ele, céu-da-boca não passava ainda de um curioso lugar onde via láctea e seio eram a mesma coisa.

Aos sete meses de idade, o preto abriu a boca e, quando toda a gente pensou que ia cuspir o leite, disse: *Tenho uma língua*. O quê?, estranhou a vizinhança. Isso mesmo, garantiram-lhe os presentes. Que sinal é esse, meu Deus?, perguntaram os pais. A notícia saiu, correu e chegou com todos os pormenores e certezas ao Governador que, sem saber o que fazer com um facto inédito na história, submeteu de imediato o incrédulo caso a sua alteza o Rei de Portugal, na circunstância também um infante como o menino papiador. Pois é, Majestade, um negro que fala aos sete meses de idade, em bom e não em ultramal português, Majestade, não é tesouro a menosprezar. Assim me disseram que o Governador disse ao Rei. Pois, Majestade, se temos de os capturar, domesticar e ensinar-lhes durante anos a nossa língua, veja que este preto já nasce falando como um gramático, Majestade. Só pode ser graça de Deus ao nosso querido Portugal.

Entretanto, enquanto na Corte o assunto era analisado como mais um desses exotismos tropicais que de tempos a tempos apareciam — ora era uma árvore que dava leite coalhado, ora eram umas nuvens que amanheciam penduradas na corda de secar roupa — na Colónia estava todo um mundo à espera de que do alto reino de Portugal baixasse uma orientação, uma ordem real que decidisse o futuro do menino da língua e, quiçá, também o futuro da língua do menino. A ansiedade do ilhéu é uma fonte de histórias pelas esquinas.

Começou a especular-se que o menino podia ser nomeado de repente como a joia, digo, o carvão, da Coroa, ou Infante qualquer coisa, ou qualquer coisa infante, ou algo assim. Cochichos e palpites tomaram conta das ilhas, enquanto as caravelas sulcavam os mares com os pergaminhos reais. O negro, aquele, contudo, seguiu papiando como cacatuas: falou de sabores, de cores, de sons, de lugares, até que, um dia, no meio do seu espectáculo entre a mamadeira e a conversa, o sino da capela da freguesia do Santíssimo Nome de Jesus badalou a novidade: Povo desta vila, anunciou o cura, chegou a ordem de Lisboa. E o povo deixou a porta do menino e dirigiu-se ao átrio da igreja. Inesperadamente, diante da tremura e da atenção geral, soou a mais inverosímil de todas as ordens que majestade alguma jamais emitira. Era uma ordem real e pomposa, tudo bem fundamentado e selado, transposta na missa para uma única e retumbante frase, assim em voz alta dita: *Mando que me escrevam, pois, a biografia desse Língua.* Palavra de rei, leia-se lei, portanto, cumpra-se.

Assim, em cumprimento da ordem real, a partir daquele momento, o menino, preto ao nascer, passou a chamar-se oficialmente Língua, mas, nas circunstâncias de então, Língua era mais profissão do que apelido.

E aqui entro eu na história. O Governador disse-me: Soldado, cumpra essa ordem. Lembro-me de que apenas resmunguei: Excelência, como é que se escreve a biografia de uma criança de sete meses? Sabe-se lá, respondeu-me o Governador. Não seria melhor que fosse escrita a partir dos sete meses? Não, respondeu-me firme. Comece pelo dia em que ele nasceu e termine no dia em que ele disse *tenho uma língua*. Essa é a ordem.

E foi assim que me vi embrulhado na história de escrever pela primeira vez na história da humanidade a biografia de um menino de sete meses. E foi assim também que me tornei, por força de lei, o primeiro biógrafo oficial de um preto. Só que este preto, para além dos sete meses vividos e do que dissera, nada mais nesta vida tinha feito. Claro que podia estar a dizer e a fazer muito mais, mas esta história nasceu como uma biografia com um final encomendado. E isso intrigou-me. Pois o Língua estava vivo. E, se é verdade que para escrever a biografia de alguém que já morreu basta começar pelo dia da morte ou do nascimento e contar os factos, e pronto, biografar alguém ainda vivo não é a mesma coisa, pois ele continua a crescer, ou a decrescer.

Mas eu tinha de fazer aquilo que me fora ordenado e encomendado. E, como qualquer biógrafo credível, pensei: bem, primeiro vou ter de conversar com o herói desta história, para saber o que é que ele pensa da sua vida, de seu nascimento, de sua dentição, de seu gatinhar, enfim, e também obter o seu próprio ponto de língua sobre a volta que dera ao mundo e sobre a volta que o mundo lhe estava a dar.

E foi então que abarquei a dimensão da hercúlea tarefa que me tocava. Pensei: isto não dá mais do que uma página. Uma biografia de uma página não é de todo abonatória para o biografado, e muito menos para o prestígio do rei de Portugal. Então, comecei a imaginar como devia contar a história de um ilustre negro de sete meses, ao ponto de testemunhar ante o mundo conhecido e por conhecer que Portugal era tão supremo a civilizar que tinha alcançado a imprevisível missão de fazer com que os negros trouxessem já na língua o português, como nas veias se traz o sangue. No fundo, era o que queriam que eu fizesse. Pois, com isso, um império do tamanho do Planeta estaria a nascer e, doravante, quem quisesse negociar com os negros da costa, e talvez com todo o Novo Mundo, tinha de pagar pela tradução genética, que seria a única fiável e divina. E, para complicar tudo, eu tinha em mãos uma história sem meio, só com princípio e fim.

— Posso continuar?, pergunto.

— Sim, é um direito, é seu o último desejo. Estaremos aqui até que o senhor termine a sua história, diz-me o comandante.

— Pois bem, comecei a escrever a biografia: no dia 26 de Dezembro, na enfermaria de Santa Teresa, na plantação da família Ronda, às nove da manhã do dia de Santo Esteban, nasceu um indivíduo de sexo masculino a quem foi posto o nome de Esteban. Nasceu, gritaram os presentes, não mais do que duas mulheres, nasceu, repetiram. O recém-nascido começou logo a mostrar a sua cepa e fê-lo num berro premonitório, ignorando tudo e todos. Esperneou, lutou e depois dormiu com uma excelência da mais alta estirpe e devoção. Esteban dormia como se o sono fosse a profissão mais nobre deste mundo, como se estivesse a cavalgar ou a manejar o arco e a flecha, contaram-me. Dormia tão bem que o fazia de olhos fechados, se assim se pode dizer. Por isso, desde a primeira manhã, ele apoderou-se legitimamente do título de dorminhoco, sua primeira distinção de entre milhares que a sua heróica vida de sete meses lhe reservaria por natureza e mérito próprios.

Quando lhe cortaram o cordão umbilical, ele nem se apercebeu, nada disse, nem um berro, nem ai nem ui. Pelo contrário, parecia aliviado, como dizendo: eh pá, desembaracem-me cá por favor deste emplastro, que eu quero ir à vida. Aliás, era como se quisesse mostrar bem cedo e inequivocamente que se àquele cordão umbilical nove meses estivera atado, é verdade, não fora por apreciar amarras ou coisa parecida, mas apenas para se poder alimentar, e libertara-se tão cedo quanto pudera. Aliás, se ele não cortara o seu próprio cordão umbilical não fora por incúria ou covardia, mas por pura modéstia dos grandes homens. É sempre mais difícil ver por mãos de outrem dois dedos do nosso corpo serem cedidos ao chão ao qual retornaremos.

Livre, praticou o seu primeiro acto: mijou descansadamente e com uma implacável elegância, com pinto de rei e de pepino, digamos. Fez xixi no cueiro, um mijo límpido parecido mais a xixi bento do que a uma água negra, que é como se usa designar os esgotos. Aliviou-se com precisão, nem um pingo desperdiçado borda fora, e quando esteve empapado no próprio líquido, subiu no seu alto choro diurno e emitiu um dó de peito que pôs toda a enfermaria em alvoroço. E a ordem era: troquem-me o pano se faz favor. Num ai, por assim dizer, a fralda ímpia e encharcada deu lugar a um linho cru e seco e ele, agradecido, voltou a dormir solenemente na sua alteza. A dormir era ele todo completude como mar manso, todo magistral, celestial como um aguaceiro contido. Embora em tenríssima idade ainda, fazia tudo a dormir e com mestria. Dormia bem mesmo, dizia-se. E quando não estava a dormir, estava a preparar-se para dormir. Ele não descansava nunca. Fazia pausa apenas para papar, papava, e o resto da vida era dormir, e dormia sem qualquer reticiência, permitam-me o termo.

Evoluiu muito e rápido. Do saber xixi, passou imediatamente ao saber outro, para o milagre do inexplicável. Ele fez a sua primeira necessidade real, naturalmente caca na maior tranquilidade deste mundo. Fez um barulhinho aquoso, nada de incompetente ou despudorado, e fê-lo no cueiro como gente de fino berço e boa família, apesar de nascido nas condições em que nascera. Estava a mostrar que isto de pobre não é um problema natural, porque grandes homens não nascem em ninhos de ouro como condição. Aliás, se por acaso isso acontece, como foi com aquele príncipe da Índia, o Siddharta Gautama, eles cedo trocam o berço por uma tigela de mendigar e desprezam o faustoso. Graças a Deus, disse a mãe, Esteban fez cocó. Ficaram alegríssimas as comadres e o evento teve eco na plantação. Quem nasce para ser grande brilha até na mais sombria das nossas julgadas acções e mostra que acto impuro numa criança é sempre mente impura num adulto. Seja o que for que com grandeza se faz, pulcro gesto sempre engendra. Fez cocó e, portanto, mais nada precisava de fazer o menino nesse dia, pois quanta coisa não estará um menino a fazer com um simples evacuar, quanta?, pergunto.

dia 27 de dezembro

Nghue, nghue, disse Esteban alto e bom som. Ia ele em seu segundo dia de treino de vida e entendeu que já podia dizer o que bem quisesse, sem pedir permissão ou beneplácito a ninguém. Gritou, isto é, raciocinou e articulou. E não foi um jato desmedido de medo ou de selvajaria, tampouco um acto de bravura ou de espanto. Não, simplesmente um choro de petiz, a simples liberdade de poder gritar, só o grito inexplicável de nascer livre, de dizer qualquer coisa imperceptível ou incompreensível à utilidade pública, apenas toda a poesia contida em si, uma voz de puro ser, sem qualquer conotação ou desconteúdo, pura canção entoada. E sejamos equânimes, a uma criança não se pode pedir mais. Aliás, como é bom ver um menino abrir a boca e desta não sair uma única palavra. Que bom escutar apenas e só o eventual e o futuro. Que bom assistir à infância do Verbo. Que bom, digo-vos, revirar o céu em todas as suas infinitudes e da boca nada sair. Convenhamos que só a um menino tal virtude é reconhecida, porquanto para certos adultos tal façanha é uma ofensa à inteligência humana.

Esteban comia, dormia, acordava e dizia nghue, nghue. Este som punha toda a gente feliz, porque era sinal de que a iminência do grrr grr, do guau guau e olha o miau estava ali. Conhecendo bem as leis da vida, em breve o menino repetiria caprichosamente mama ou papa que, qual palavra mágica na sua pequena boca, tanto leite como trigo significam. Nesse ensaio vocalizado estavam todos os Verbos do Princípio, todos os indicativos das formas, todas as conjugações possíveis, até ao infinito do infinito que nem o mais sábio dos homens de todas as grécias e romas juntas é capaz de decifrar. É provável que todos nós já tenhamos alguma vez pronunciado essa brilhante frase, nghue nghue, mas homem nenhum, entretanto, sabe o que quer dizer tamanha pequena coisa. Ninguém é capaz de traduzir o que vai na língua de uma gota de gente de dois dias de nascido. Nghue nghue punha os homens em sentido, as mulheres de cócoras, os animais de esguelha, o fogo a arder, a água a borbulhar, a folha a cozer e a nudez a mergulhar para o banho do menino.

Com o passar dos dias, Esteban ficou tão bom a chorar que já chorava o que queria. Quando queria comer, pronunciava a frase e a mãe pura e simplesmente acudia. Ela apenas saboreava que não era nenhuma lei dos homens que a impelia a aleitar o seu nené, que não era um dever que a instigava à imaculada obediência de nutrir, mas algo bem maior, algo que faz cócegas nas entranhas, como se rios de plumas corressem pelos canais do peito, algo que tremeluz o umbigo da mãe para lá do ventre e que só a língua do menino sabe explicar. A mãe dava-lhe a mama e ele glu glu fazia, tragava o mistério do líquido albamente branco de um corpo retintamente negro e calava-se. Nghue nghue, glu glu, e o mundo dava-se por satisfeito. Esses sons aglutinam mães e filhos há mais de cento e cinquenta milhões de anos, ou mais, porque a esse desígnio terá obedecido a própria mãe de Deus, não éramos nós ainda gente. Mamar, esta palavra não é igual em toda a parte, mas é igual para todos. Nas ilhas, ela é duas vezes mãe e tudo o que virá antes e depois. Às vezes nem a mãe sabe dizer ou decifrar o quanto do universo todo numa gota de leite cabe. Mama é seio, é ceia. Mama é peito, é mãe. Isso aprende o bebé bem antes de saber o que é pensar. Mamar é mais do mundo da semiótica. Todo o mundo sabe que o nené antes de acertar com o mamilo já mama. O que mama é que ninguém sabe. Mas esse treino no ar, esse cheiro no ar, esse mamar no ar, é o caminho mais longo que o mamífero jamais empreendeu. E ele descobre por si onde fica a mama e o seu mistério: leite ansioso e misterioso, leite na testa, leite no olho, leite no nariz, leite nos lábios, leite na língua e leite na vida para sempre. O bebé não sabe, mas se mamar não existisse, ter leite a sair do corpo seria uma aberração da natureza. Não é por não saber cuspir que o bebé engole o leite materno. Mas também não sabemos porque o faz. Mata a sede, mata a fome, mata a própria morte precoce. E suga a vida da própria vida como se mães fossem mananciais de existências. E a mãe diz amém, não a Deus pelo mistério, mas ao menino pelo milagre: ou ele mama a mama mole, ou ele empedra o leite duro, ou ele sorve com ansiedade, ou ele morde a teta inchada. Glu glu ia fazendo, e calma menino, ia a mãe dizendo. Nghue, nghue, chorava. Pois o que ele não sabia é que o seio esquerdo não pode passar para o direito, nem trocar por instantes de lugar, nem canalizar o leite de um leito para o outro. Portanto, paciência. O menino tem de largar a mama e mudar de posição. Nghue, nghue, reclamava. E aqui está uma grande ignorância da ciência: o leite de um seio não é igual ao do outro. Se assim fosse, bastaria à mãe ter uma teta plantada no meio do peito. Ou melhor, junto ao umbigo. Mas não, um seio tem o leite doce e o outro tem-no salgado. A diferença é ligeiríssima, mas no ponto, para a inauguração do paladar ainda não contaminado pelos condimentos.

Nghue nghue. Tudo dito e ponto sideral.

Acertava com o outro bico e começava a dançar. Não há dança no mundo mais bonita. A cada sorvo, a cada deleite, olha seu pezinho rodopiando, seus dedinhos abrindo-se como corais, suas solas dobrando-se, suas pernas encolhendo-se, e ele soletrando uma partitura imemorial. Era o som do glu glu, o respirar pelas narinas contra o seio, o ar e o leite traquejando. E dormia, mas não queria dormir para não perder a mama toda ela. Acordava arrebatado e dava um sugo profundo, tão profundo que a mamãe gritava de dor. De dor ou de sabor, para o menino era a mesma coisa. E acalmava-se e dormia, largava os lábios na boca do peito e desistia de tudo quanto não sabia fazer. E a mãe sentia menos peso, não só no peito, mas em todo o corpo e também na alma. Amamentar é transcendental.

dia 28 de dezembro
Ao terceiro dia acontecem todas as coisas misteriosas desta vida. A boa-nova ecoou de monte em monte, de barracão em barracão, de casa em casa, de boca em boca: ó vizinha, diz à vizinha que o vizinho disse que a vizinha mandou dizer que a criança abriu os olhos. Pela primeira vez na história do Universo, uma luz velocíssima e avassaladora tinha atravessado umas pupilas a trezentos mil quilómetros por segundo, num encontro titânico da luz com o seu desconhecido. O choque é tão violento que a luz fez ricochete na massa ocular e estilhaçou-se pelos objectos à volta como um relâmpago de artifício. Foi assim desde o início da vista. Senão, hoje também, a luz teria atravessado os dois buracos negros da cabeça do menino e saído nuca afora como um neutrino mal--educado. Ou então tê-lo-ia atirado bruscamente contra a parede, contra a casa, contra as árvores, contra tudo o que estivesse pelo caminho. Mas, graças às pupilas, a mais frágil de todas as retinas, a luz e a sua veloz idade desapareceram como claro na clareza. Que coisa é essa?, deve ter estranhado Esteban. Tinha ele razão, porque nada do que é, nada do que será, nada do que sabemos, nada do que possamos imaginar, se assemelha ao que um menino enxerga pela primeira vez. Pois se eu disser, por exemplo, nuvem, o menino não sabe o que é porque ainda não a viu, se eu disser fantasma, se eu disser nebulosa, ele não no-las alcança, se eu disser fusco-lusco, ele pestaneja apenas, se eu disser turvo, ele perguntará como era antes do turvo. Na verdade, uma luz nasce por cada olho que se abre. Graças a Deus, nós não precisamos de nos preocupar com a fonte de luz. Graças aos olhos, a luz faz--se. E faz-se bela. Sem isso, a cegueira existiria.

O menino acabara de nascer para as coisas. É verdade que as mães dão à luz, é um facto, e que facto!, mas o maior de todos os factos desta vida é nós nos darmos à luz, parirmo-nos para o mistério dos objectos e das cores, fazermos com que íris e arco se tornem um só quebranto, um só deslumbramento, digo-vos. E Esteban, sabendo tudo isso, mexia as pálpebras e suas pestanas batiam como asas de um beija-luz.

Dia 29 de dezembro

Embora já tivesse experimentado a luz, Esteban ainda não podia avistar e reconhecer. Via vultos e coisas que lhe moviam os olhos em quatro direcções. Ver para ele era a forma do cheiro, a densidade do tacto, a imagem do som, a guardiã da sonolência. Noite, dia, crepúsculo e madrugadas eram zonas movediças. De todos os modos, o mundo do dia seguinte ao dia da luz é que é o nosso mundo. Véspera de luz é vazio, dia de luz é caos.

Dia 30 de dezembro

Ao quarto dia, ele captou quatro pessoas no aposento: papá pela voz, mamã pelo cheiro. Ele não sabia que as outras duas figuras eram imagens duplicadas, uma no olho esquerdo, outra no direito. As imagens não convergiam. Homens ou mulheres, brancos e negros, grandes e pequenos, superior ou inferior, bem ou mal vestido, manietado ou maneta, eram todos a dobrar e indistintos. Água era nuvem, gente era água, a janela cintilava, a parede descansava, o tecto era um furta-cor e a própria cor era camaleão, aliás, quase tudo era camaleão nessa idade. E ele não imaginava que um dia não muito longe iria ter de aprender mesmo a lidar com essa questão das cores, e que tal iria ser um problema sério e de difícil compreensão.

Cinco dias cumpridos e o menino estava perplexo. Havia demasiadas coisas no ar: esquivas, poliedros, bailes de ser e não ser, coisas que apareciam e desapareciam, que se integravam e desintegravam e que não deixavam o globo ocular em paz.

O menino estava radiante por ter descoberto a luz, pois cada coisa começara a ser ela própria sem intervenção da outra e, paradoxalmente, todas na relação umas com as outras. Mas ainda desconhecia a nitidez, e a luz apagava-se no universo inteiro sempre que ele dormia. Ainda não sabia sonhar.

Dia 31 de dezembro

O menino sorriu aos seis dias de nascido, fez um gesto como quem lambe o bigode. A criança sorriu, a criança sorriu, não sorriu, mexeu assim assim a bochecha, não senhor, sorriu sim, sorriu. Fez uma, duas vezes, e sempre em resposta ao som do tambor que vinha da empena da casa. Podia ser o som de outro instrumento qualquer, do violino, da pianola, do clavicórdio, do bombardino, da cítara ou da celeste, e ele havia de rir igual, porque o som faz-nos lembrar os dias dentro do útero, na época em que a água ressoa e o espaço e o tempo diminuem em vez de se expandirem. E o feto, assim se chamava o menino antes de ser negro, tinha o dom de escutar melhor do que a própria mãe. Ei-la: o som propaga-se quatro vezes mais rápido lá dentro do que cá fora.

Na verdade, foram apenas dois pequenos lábios que se mexeram, mas o ano novo virou de novo, as mulheres suspenderam a saia e saltitaram de gozo, os homens viraram crianças, as mães ficaram tartamudas e gagas. Festa rija dada por umas bochechas moles. Bom augúrio.

Sétimo dia

É hora de proteger o menino, disse a madrinha, que mandou preparar a cerimónia para a qual estavam convocados todos os anciãos e suas mulheres, todos os vizinhos e seus haveres, todos os parentes e seus deveres e, à frente de todos, a matrona com a sua tesoura. Os músicos e seus instrumentos conheciam a obrigação de comparecer, com excepção do velho tamboreiro, porque à cerimónia só eram chamadas as cordas, a viola, o violino, o cavaquinho e as mais antigas de todas, as cordas vocais. Juntas cantaram em uníssono, *Na ó menino na, dexam nha fidjo dormi,* e colocaram-lhe a tesoura debaixo da almofada. E isto aconteceu na noite de 1 para 2 de Janeiro, no sétimo dia de nascido, como terão percebido, na cerimónia chamada guarda-cabeça. Estava o menino protegido e entregue para a vida com uma canção. E, agora, fosse o que Deus quisesse. Que vai ser dele? Destino de menino negro em tempo de escravo, tão previsível quanto imprevisível.

Os restantes dias

A partir de então, tudo foi rotina. Já não havia mais nada a inventar, só a experimentar, praticar e repetir. De repente, Esteban passou a levar tudo aos lábios, num ciclo de pescadinha de rabo na boca que não é permitido aos adultos. Baralhava os pés com as mãos, descoordenava os dedos, jogava com os sons e com a baba, tentava agarrar os objectos que voavam, derrapavam, fugiam. De tempos a tempos, era atingido na testa por um corpo celeste desorbitado, doía, mas era o exacto momento em que novas estrelas cintilavam e zuniam e ele ficava excitado a vê-las dançando fugazes. E dormia.

Para matar a comichão nas gengivas, ele descobriu que o melhor remédio era rinchar a boca na madeira e mastigar tudo o que conseguia. Fazer pastas de lençóis como fazem os patos com o farelo, fingir que o polegar era uma fruta, trincar a própria mão e babar de deleite tornaram-se as actividades predilectas. Nessa altura, mamar virou ausência. Pois uma mãe sabe sempre quando é o que seu rebento tem fome e quando é que ele quer a mama perto. Assim, mamar virou chuchar. Um pedaço de pano com um núcleo de rapadura substitui a mãe para efeitos de entretenimento. O menino passou a dar-se de chupar, produzindo xarope com a própria saliva. Foi o seu primeiro trabalho. Ele quis enganar alguém, e alguém pensou que o estava a enganar. É um pacto antigo. O menino sabia que aquilo não era mama. Mas era tudo o que ele queria, já estava farto de brincar com umas mamas murchas, cada vez com menos leite e com sabor cada vez mais neutro. A chucha era uma festa. E quando ele queria mudar de teta, de líquido doce para salgado, era só cuspir a chucha e levar o polegar à boca. Oh, o polegar, sem gosto nenhum, apenas motivo, mas para ninar na ausência da mãe era um achado dos deuses.

Milagrosamente, pata aqui, pata acolá, pata hoje, pata-manhã, de repente, o menino começou a chutar o caminho vertical ainda. Descobriu o sincronismo. Com os seus movimentos toscos, seus toques descompassados, a sua harmonia adquirida no teclado com os pés, foi compondo o seu mundo. Parecia que não estava a evoluir nada, mas com as repetições, com as síncopas e os tempos repentinos, Esteban descobriu o seguinte: quando nos movimentamos, movimentamos também as coisas. Agora é que ia ser.

Certo dia, quando tudo parecia aborrecido, operou-se um gigantesco e surpressivo milagre: o menino virou panda. Adoptou duas pernas como duas aspas de tipografia, arranjou uma coluna erecta por si só e ficou com duas patas livres para aplaudir como os chimpanzés. Porém, as palmas não soaram, porque a palma dos pés é esponjosa e insonora. Não faz mal. Ouvia-se o moscardão azul a zumbir por cima do pilão, do balaio e da farinha no quintal. E o menino imitava-o meio-tom abaixo.

O tempo passou e eu seguia escrevendo o que me contavam. Mas ninguém sabia mais do que até aos sete meses do menino. Eu, contudo, ficava a imaginar. Imaginava que, então, para o espanto de todo o mundo, o urso, em vez de levantar-se e pôr-se de pé como um bebé cambaleante, pois gostam de fazer isso os ursos adultos, dobrara os joelhos, fazendo quatro patas, adicionara as mãos como mais duas patas dianteiras e caminhara do quarto até à sala. O destino eram os braços da mãe. Mas que longe. Vai, vai, vai, diziam-lhe. Vem, vem, pedia-lhe a mãe. Imaginem. E o menino, desciente da revolução planetária que estava a operar, bateu palmas a si mesmo, certamente, e centopeou mais dois metros. Essa forma de se locomover, que lá em casa se convencionou chamar gatinhar, e que assim ficaria para o resto da língua, é o início da liberdade de gente, compreendeu ele.

E não tardou, já estava ele, portanto, a perseguir tudo o que se movia. Saiu a correr atrás do gato da casa. Miau, disse-lhe o felino. Foi agarrar o cão pelo rabo. Guau, gritou-lhe o cão. E ele desatou a chorar. O pai abriu-se em gargalhadas. Medroso, negrinho mimado, disse-lhe, acalentando-o nos braços. Depois ele regressou ao chão para fazer o que melhor sabia nessas andanças: metia-se debaixo da cama e achava graça comer a comida do chão. Aliás, tudo se lhe tornara gracioso, gratuito, gratificante, a crer pela sua cara enquanto lambia o seu mijo e os dos bichos da casa, fazia beiços de azedo, tentava cuspir, limpava a sujeira com a mesma mão da sujidade e esquecia. Agarrava o pé da mesa, roía a madeira insulsa, interrogava-se sobre o sabor da bosta da galinha preta e esquecia. Era a época de questionar com o franzir da testa: que sabor é esse que é meio papa, meio leite arrotado do dia anterior?, que gosto é esse que cola na língua como a porta da cozinha?, como a poeira da cortina? Sabedoria de paladar.

O franzir da testa e o arregalar dos olhos: eis que lá dentro da cabeça estavam a acordar de um sonho antigo as mais recentes conexões. O menino começava a entender que o mundo não é feito de uma pessoa só, uma forma que muda de voz, de cheiro, de função, de presença, de jeito. O menino percebeu que cada cheiro é uma voz, cada voz é um tamanho, cada tamanho é um afago, cada afago é uma pessoa. Cada um é cada qual. Há os quietos, de sons graves, que parecem o que parecem e não sei o que é, há os que leroleram com quem eu estou, passam-me uma mãozinha, desaparecem, há os que me levam de cá para lá, movem mundos, há uns cheios de cheiros, há outros que eu vejo sempre, e outros que eu revejo e reconheço. Os bebés não têm juízo e, por isso, quando querem é porque sim e quando não é porque não. Pois no mundo destrinçável também há os patéticos, que falam como se fossem bebés, pensando que bebés são uns atrasados mentais. Esses eram os que mais faziam rir ao menino. Acham que têm graças e os bebés devem achá-los ridículos. Fazem brrr, culiculiculi, ficam fanhosos, falsetes, dizem oh, fazem beicinhos. Aliás, antes de entrar na galhofa, o menino fica sério a tentar compreender, como dizendo, este está mesmo a sério?, pois nessa idade da identificação, devido a um saber que vem do nascimento do mundo, as crianças sentem mais do que pensam. Se a mãe estava triste, o menino triste ficava, se o pai barafustasse, o menino chorava, se houvesse alegria, mesmo que não houvesse som, ele brincava. E foi assim que ele começou a dizer para os braços de quem gostava de ir, empinando-se para a frente, sorrindo, batendo palmas ou virando as costas. E descobriu que saber de gente e ganhar confiança significavam entrar no mundo, muito diferente de vir ao mundo.

E o animal foi-se aprimorando. Chegará ao cúmulo da perfeição, antes que comece a dar lugar a gente. A intuição ainda pura sabe de coisas que só o desconhecido conhece. Logo ao nascer, começa o esquecimento, todos sabemos. Mas o menino, ainda com o dom essencial de tudo quanto existe, sabia de longe que mãe era aquela silhueta que vinha com uma graça, uma vaga de luzes sem nomes, uma provocação de estremecimento e um amparo que atraía o nariz, a boca, os olhos, as mãos, as bochechas, a fadiga e uma vontade de agarrar os cabelos. O menino nem sabia o nome dessas coisas, mas sentia-as. Se ele soubesse dizer, dizia: Tu, vem, vem trazer-me a tua colecção de arco-íris, e pronto. A mãe chegava e ele sentia-se. É ela. Sou eu. Era ela, era essa, era da única coisa que ele sentia falta, e nem sabia ele o que era a falta. O pai era uma mãe que ficava pelo caminho, depois se juntava, fazia cisão, fusão, e tanto faz. O menino sentia-se bem tanto com a parte como com o todo. Ele amava as pessoas por ordem de pedaços de mãe. Na lista favorita de mães-porções estavam a madrinha Suzana, que cheirava a lenço da mãe-mãe, emitia sons alegres de fazer dançar e fazer rir. Depois vinha o padrinho Gin Congo, pegajoso, quente e de poucos sons. E assim por diante, titia, vizinha, o senhor, a senhora, a menina, eram todos diferentes da mãe, e o menino já sabia corresponder o trato segundo o grau de mãe que cada um carregava e espargia.

Desceu dos braços para o chão, o que é uma enorme subida. Do alto a gente vê para baixo e essa sobranceria não dá conhecimento. É do chão onde a gente pisa que o homem olha para cima, percebeu o menino. E foi explorando o chão. A gente é do chão, estava ele a perceber. Podia girar, cair, ir para a frente, ir até lá, ir atrás, ir sempre, ir. É esse o caminho. E o menino ia, usando todas as formas de locomoção que a natureza lhe dera: nadava, como já sabia fazer desde útero, estendia-se, como aprendera no berço, ia, como aprendera nos braços, e gatinhava, como aprendera com o chão. O chão era dele.

Mas é também do chão que a gente olha para cima. E olhar para cima dá-nos dimensão.

E assim andava ele, como Marco Polo atrás das especiarias. Até que, de modo completamente fortuito, descobriu a mesa. Não a Mesopotâmia, ou mundos assim longínquos, mas a simples mesa de quatro patas. Nesse dia, aprendeu uma das mais importantes lições da vida de um menino: que criança nenhuma deste mundo deve confundir mãe com mesa. Pois, por mais pressa que tenha uma mãe, por mais que lhe enredemos as canelas, elas têm sempre um tempinho para nós, enquanto a mesa, parada no mesmíssimo lugar e com todo o tempo deste mundo, desafia-nos sempre a aguentarmo-nos nas nossas próprias canelas. Foi o que Esteban tirou de lição. Ele, entretido com os sabores do mundo, confundiu a falda da saia com a ponta da toalha, agarrou-se a esta para se pôr de pé e, seguro de si e da infalibilidade da mamãe, foi parar ao chão com toda a loiça em cima e com dois galos na cabeça, um na nuca e outro na testa. Não desistiu, porém. A mãe apareceu e tudo ficou sanado. Algo mais do que simples curiosidade o impelia.

Tentou, tentou e, certo dia, temerosamente agarrado ao rabo da saia de sua mãe, com mimo, firmeza e determinação, pôs-se de pé. Virou milagrosamente homem pela primeira vez na grande história da sua pequena Humanidade. Ficou erecto. Olha o meu menino, que homem, meu Deus, disse a mãe, radiosa e airante. Hominídeo, dirá quem desdenha, qual homem, é um piteco de palmo e meio! Mas a mãe estava babada. É melhor ser-se um insignificante homem de duas mãos do que uma distinta sumidade de quatro patas. Afinal, as solas dos pés servem muito mais do que para simples bater palmas. Estar-se de pé faz toda a diferença. Todo o mundo ria e aplaudia. Esteban, porém, olhou ao redor, abraçou o desamparo e desatou a chorar, como perguntando: E agora, mãe?, o que faz uma pessoa em pé?, salta?, anda de joelhos?, fica plantada?, enfim, essas coisas que todos nós teremos perguntado um dia. A mamãe afastou-se dois passos, com cuidado, sorriu, estendeu-lhe as mãos e disse te-te te-te. Divinalmente, como se atraído por um mantra celestial, o menino metamorfoseou-se, sábio e prudente, levantou o solo com a sola, como carregando todo o peso da terra, ensaiou dois passos e converteu-se inesperadamente num belo pinguim.

No mesmo dia, aprendeu que existe o céu da boca mas não o chão da boca. Cair é o que andar mais sabe. Levanta-te e anda, pepino, porque é de agora que se torcem os caminhos, dizia-lhe uma teimosa voz interior. E foi então que Esteban tomou a suprema decisão de sua vida: pinguim daqui, pinguim dali, a caminhar sem dobrar os joelhos, como se tivesse pernas de pau, soube o que era a completude.

E lá foi, sozinho, do pé da cadeira até ao cabo da vassoura.

Não basta ser homem, é preciso ser vertical.

Nos dias futuros calcorrearia a casa de canto a canto, várias vezes, ensaiando passos curtos, passos largos, trambolhões e descompassos. Até que, certa manhã, aborrecido das rotas e das rotinas, ensaiou ir da porta da frente até à do quintal, misturando gato com pinguim. Quando lá chegou, não pôde passar. Encontrou à sua espera uma cancela. Franziu o sobrolho, o que é isso? Era o seu primeiro encontro com as grades, uma trança de madeira concebida para impedir que o passo do menino fosse maior do que seus pés. Olhou, pensou e regressou desiludido ao regaço da mãe.

Certo dia, Esteban percebeu que algo estranho estava a acontecer, algo verdadeiramente espantoso: as coisas estavam a diminuir de tamanho. Todas as coisas, tudo: o degrau que me dava pelos joelhos agora está à altura do meu olho-do-pé, isto é, do tornozelo; o guau guau que era gigante virou um potro mansinho, o cão que o afugentava tornara-se um vira-latas pequenino e obediente e fugia dele a léguas, a janela que era da altura do sol tinha descido rente à rua, a mesa madrasta estava à altura das mãos, enfim, tudo tinha mudado. Só o céu e a mãe lhe pareciam iguais, o céu cada vez mais alto e a mamãe cada vez mais ao pé, como um céu em riste. Mas porque é que o mundo virou tão pequeno de repente?, indagava Esteban, as sandálias decresceram, o chapéu apertou-se, a cancela baixou-se. Traiçoeiramente, a resposta aguardava no canto mais inesperado da casa, ali junto ao pote, na moringa, no prego, na tesoura, no fogareiro, na chave, na enxada, no candeeiro, na agulha, coisas que amanheceram todas chamando-se não, não e não, tira a mão. E, quando ele insistia em brincar com o não, a dócil mãe virava uma fera.

Depois do nascimento da palavra não, o sobrenome de todas as coisas passou também a ser não, faca não, lume não, garrafa não, pedra não, não não, ali não, aqui não, lá não. Com que coisa então pode uma criança brincar?, perguntava ele de testa franzida. Com isto é que não.

Brincar é agarrar tudo com as mãos e desgarrar tudo com os pés, num jogo de ora tenho, ora não tenho, é meu, fugiu, peguei, escorregou, agarrei, escapuliu, até assimilar definitivamente que é muito melhor tropeçar-se do que ficar atolado pelas coisas sem nome. Esteban divertia-se pontapeando e vendo as coisas a rolarem pelo chão como chão que se contorce. Sim, o som que o menino ouvia era da palavra brincar. Vai brincar, está a brincar, só quer brincar. Bem, ele não sabia ainda o que era isso. Mas conhecia bem o que era uma expedição ao mais profundo do chão, com frio ou calor, fizesse chuva ou vento. E levava tudo tão a sério que tinha a sua própria farda, digo, fralda, seus chapéus de pratos, de canecas, de colher, seus farnéis selvagens dos mais proteicos, de asas de gafanhotos a grãos de cereais. Tinha o menino também seus papéis para anotações na boca, seu poupado jeito de escrever com sujidade, suas bengalas fixas, suas horas de reflexão e de descanso e seus momentos de sentar a polpa na represa e as pernas na lama. Assim se conhecem os grandes expedicionários, da estirpe de Sindbad e de Zang He, de Musa Mansa e de Magalhães. Mas que ciência, que descoberta. Explorava tudo com uma minúcia incrível de novel investigador: esqueletos de insectos, bolores, teias, e até coisas invisíveis, como ácaros (Atchim, dizia ele, algo como *eureka* ou coisa assim). Atchim, repetia. E era, então, momento de a mãe entrar em cena. Santinho, dizia ela. Primeiro a cura: duas linhas desfiadas das fraldas e cruzadas sobre a moleira do menino, e adeus espirro. Não se conhece ainda no mundo da ciência ácaros que resistam a este antídoto. Depois o castigo: agora vamos tomar banho, tomava, mudar a roupa, mudava, e ir trabalhar, vamos. E cada um ia para a sua faina, o menino para a cama e a mãe para o campo. E aqui terminou a brincadeira, ralhava a mãe. Finalmente, depois de um duro descanso, um merecido trabalho. Trabalho de menino é dormir correctamente o máximo de si. Até amanhã, meu rebento, dizia aliviada a mãe escrava.

Eis a descoberta que muda o homem.

Ele estava a brincar com o seu gatinho, fazia-lhe festinha quando, de súbito, o bichano lhe deu uma bofetada com quatro unhas e lhe deixou uma marca na fronte direita para o resto dos dias. O menino tomou conhecimento da ingratidão e da violência e o gato foi despedido.

O despedimento do gato trouxe à casa novos amigos, uns orelhudos muito engraçadinhos chamados ratos, monstros raquíticos ante os quais o menino ficava curioso: não piam, não miam, não fazem guau, não se empinam como o galo ao meio- -dia, nem cacarejam como a galinha de manhã, mas são divertidos. Ele ia atrás. Ou melhor, tentava. Nessa tentação, um dia, ia descobrir um monstro de verdade, não um sauro, um dragão, uma baleia, ou uma medusa, mas bicho muito mais feroz do que a lenda reza, uma figura com os dentes dez vezes superiores aos dos ratinhos, com um rabo mais longo do que a corda de amarrar o cão e guardado de moscas vermelhas. Que bicho é esse?, indagou com um ruído. E o burro zurrou como um trovão com soluços. Esse não era o cão mofino convertido em potro pelo menino. Não, era um gigante. Esteban sentiu um pavor de tal modo desmedido que desatou aos berros. Que fedelho este negrinho, estranhou o pai, negro que tem medo de um animal de carga? Mau presságio. Não, o burro é que é muito besta, disse a mãe, correndo ao socorro de seu petiz. A cancela também virara um parapeito.

Filho da mãe, podia ter dito o menino, e com toda a razão, perante outra descoberta. A mãe tinha-lhe parido um gémeo e nunca lho dissera. Ele estava distraído a brincar e, de repente, deu de caras com um duplo seu, olho nos olhos, dente por dentes, língua de fora, cabeça sobre o ombro esquerdo, digo, sobre o direito, cabeça sobre o ombro direito, digo, sobre o esquerdo, igual até no eu ser ele. O que é isso? Menino que brinca com o espelho termina gago, disse-lhe a mãe. E isso mesmo lhe sucederá quando as palavras vierem multiplicar-se-lhe na boca. Cortará a mesa, amputará a porta, picará a cebola e chorará de nervos. Pois gago nervoso é gago ao quadrado e é nas coisas mais simples que se lhe notará. As palavras vão atropelar-se umas às outras sem piedade, e sua mãe, com todo o mimo deste mundo, é uma mãe com quatro emes, papai passará a ter quatro pés, seja na chegada, seja na partida, e tudo patinhará na hora da pronúncia, tudo ecoará antes de ser, tudo levará o dobro do tempo para ser qualquer coisa. Ele trocará as sílabas, confundirá janela com ananás, apelidará os guarda-chuvas de chuveiro, chamará cabeceiro às almofadas, calcinhas de mamas aos soutiens.

11

Tudo o que do escuro se sabe
é até onde chega a luz

Olhem-me para este cenário: tudo muito caricato. Afinal estou contra um pelotão de fuzilamento. Bem, qual pelotão, qual situação! Não deixa de ser cómico o que estou a ver. Olhem-me para isto: as armas que para mim estavam apontadas estão agora todas estiradas no chão, os soldados estão todos sentados, uns já dormiram e já acordaram, outros estão a dormir, alguns estão na madorna, muitos ressonam, o padre já se foi embora, o comandante do pelotão cabeceia e resiste:

— Senhor condenado, por favor, pare com essas histórias porque dão-me cá um sono divinal. E na minha situação não posso dormir.

— Dorme, meu comandante, eu é que não posso parar porque não tenho tempo. O senhor não sabe o sabor e o fel do último desejo. Esta natureza tem um erro. Ou, então, o homem não é daqui, pois o prazer e a dor não deviam estar tão juntos. Quanto mais cresce a sensibilidade para um, mais cresce para outro. Tenho vontade e tenho medo.

Belo cenário. O comandante está agora caído de lado sobre os seus atiradores, que dormitam como bons pastores. Sou o único a manter-se de pé neste lugar. Bem, este é o meu ofício, pelo menos até eu cair de joelhos crivado de balas. Mesmo trágica, a situação não deixa de ser cómica.

Assisto a um paradoxo mosaico, isto é, estou a guardar os meus próprios carrascos. Absurdo, mas real.

Dormem como anjinhos ninados pela minha história.

Não sei como vai isto acabar, mas começa bem.

Graças a Deus amanheceu. Olhem-me para este cenário: a tropa que acorda como cogumelos que brotam do chão, aleatoriamente, uns perguntam como terminou a história, outros fazem resumos do que se lembram, trocam detalhes sobre a vida do Língua, acordam o comandante, levantam-se, engalanam-se nos seus trajes executórios, com as polainas, os escudos, os brasões e as armas cintilantes, aproximam as botas, juntam os calcanhares, empinam o nariz, apresentam as armas, o comandante passa revista, homem a homem, botão a botão, gola a gola, cano a cano, manda descansar as armas, e os solda- dos estendem as mãos para receber a ração do quebra-jejum. Pelo que percebo, trata-se de ração improvisada, porque nada disto estava previsto. A sentença era para ser executada em dois minutos, numa rajada seca e ponto, missão cumprida e cada homem para o seu lugar até às próximas ordens, mas assim não foi porque outra história se interpôs. Daí que, imagino, nenhum deles se deu ao trabalho de trazer água, leite, sumo, ou as famosas marmitas com pronto-socorro e ração de combate. Ninguém se lembrou de trazer umas bolachas de água e sal, umas pastilhas de mentol contra a fraqueza, ou umas latinhas com toucinho alentejano. Parece que os soldados nada carregam para além das armas, pois não é muito castrense acontecer que durante uma execução ou uma carreira de tiro alguém não resista e dê um abalo. Afinal, de militares estamos falando.

Bem... de um condenado também, sejamos humanos. Mas as nossas situações são diferentes: imagino que, se um condenado der um abalo durante uma execução, a ordem será para lhe atirarem, e não para o tirarem dali.

Contudo, se um milite desfalecer em serviço de executar, a ordem será inversa, decerto. Aliás, deste imprevisto nem eu próprio estava à espera. Estou concentrado no que conto, mas gosto de estar atento a tudo o que se passa aqui. De repente, podem ficar enfadados. A propósito, parece haver um burburinho ali formado. Pelo que me dão a perceber, questionam uns aos outros se devem comer diante de mim sem perguntar, como manda a boa educação, pelo menos: O senhor condenado é servido? Estão a discutir se um condenado à morte por balas tem a prerrogativa ou a potestade legal de ser morto à fome. Pobres soldados. Que situação! Pelos vistos, não estão a chegar a nenhuma conclusão. O assunto ultrapassa a sua alçada.

Meio-dia. Vejo-os comer e lamber a boca sem olharem para mim sequer. Acho que a situação os incomoda. Alguns viram-se. Juro por Deus, não tenho fome nem sede. Para ser mais franco, tenho fome e sede de contar. Estão agora a tentar convencer o comandante: Comandante, de todos os modos, ele é uma criatura de Deus. Ele, no presente caso, sou eu, o condenado. O resto da tropa está sentado a olhar para mim com as espingardas apontadas para o céu. Falam baixinho. Alguns só por gestos para não perderem pitada do que conto. O comandante faz um sinal e faz questão de eu ouvir a ordem dada a um soldado: vai colocar o assunto ao Governador. Pergunta-lhe se damos de comer ao condenado ou o matamos à fome.

Eu sei que não é difícil que o Governador mande dizer: Se este marmanjo está a dar trabalho, caguem para a história, limpem-lhe o sebo, polvilhem-no de balas e calem-no, caralho.

Passo o dia a contar. Quanto mais conto, mais os militares se mostram despreocupados e felizes. Vejo que acabaram de chegar mais soldados. Trazem vários sacos e caixas de madeira. Põem tudo no chão diante de mim. Estou ansioso, não tanto pela fome, mas pelo desfecho disto tudo. Pois, pelo que pude perceber, para além da comida, o mensageiro foi também com a missão de trazer ordens sobre o meu destino imediato. Rio-me, porque para matar um pobre homem não são precisas tantas balas. O comandante manda abrir os caixotes com um sinal e os soldados enfiam as baionetas e levantam as tampas. As madeiras rincham e soltam pacotes de cheiros, que os soldados ordeiramente distribuem entre si. O comandante olha tristemente para mim. E resmunga:

— Isto está a coçar-me atrás da orelha. Se este homem morrer de fome nas minhas mãos, arranjo cá uma encrenca dos diabos. Estou a ver que, em vez de sangue, este fuzilamento vai fazer é correr muita tinta.

E volta a olhar para mim e diz em voz alta:

— Ninguém aguenta tanto tempo sem comer. Portanto, enquanto o Rei não decidir, eu cá decido: alimentem o morto.

Haha. De balas, por agora, não vou morrer. Este comandante tem bom coração. Um militar de braços estendidos e gestos nobres oferece-me um naco de pão.

— Obrigado, digo com o polegar.

Olha só. Outro soldado estende-me outro pedaço. Outro dá-me um gole da sua caneca, um sargento passa-me o cantil com aguardente. Estou a comer e a falar ao mesmo tempo, como um condenado à fome. E vou dizendo com o polegar:

— Obrigado a todos

e pensando cá com os meus botões, tenho orgulho do pedido que fiz. Podia ter rogado que me deixassem viver um pouco mais, ou que me permitissem escrever à minha família, confessar ante o capelão ou o bispo, ou pedir que me indultassem. Mas não. Em vez disso, pedi como meu último desejo para contar uma história, verdadeira ou falsa, não importa. E cá estou, e aqueles que vieram para pôr fim à minha história estão sentados a escutar-me como crianças. Vejo-os: esqueceram as armas, enxugam o suor e abanam as moscas com o bivaque, bocejam, exclamam e cochilam na maior inocência desta vida. Tenho reparado num facto curioso: eles agora dormitam por turnos para não perderem o fio à meada. E aqueles que saem de sentinela entram imediatamente de plantão. Já não vão dormir nas tendas armadas para seus descansos, mas tomam o lugar aqui a meu pé e ficam boquiabertos a escutar a história de Esteban para poderem depois contar àqueles que os rendem na guarda. Mas os novos, mal entram nas guaritas, desordenam-se, livram--se dos cinturões e das armas, descalçam as botas e as peúgas, soltam as fraldas da camisa, prendem o bivaque na presilha do ombro e debruçam-se a ouvir a história com uma atenção helvética. Pois, o trabalho do sentinela agora é dizer: chiu, calem-se, se alguém fizer o mínimo de barulho. Na verdade, o pelotão de fuzilamento parece uma turma de escoteiros. Noto com satisfação que, de vez em quando, alguém distraído levanta um dedo e solicita-

-me com toda a vénia: Por favor, senhor condenado, pode repetir a passagem que me escapou? E di-lo sem emitir um único som. Já nos entendemos na perfeição. Vamos em vários dias de história corrida e ainda não sabemos o que são a interrupção, o descanso ou a perturbação.

Vou percebendo pequenos câmbios. Os soldados, os graduados e o comandante já criaram os seus próprios métodos de ouvir. Não perguntam, não pedem esclarecimentos aos colegas, não se distraem. Posso dizer que, todos juntos, o condenado e os seus verdugos, estamos a criar aqui a nossa própria harmonia, a nossa própria humanidade, se assim se pode dizer.

Temos caras novas. Algumas são de familiares da tropa aqui acampada. Saudades. Outras são de recrutas. E estes últimos, pelo que entendi, são cobaias de um novo tipo de instrução militar específica para me guardar. Constatámos bem cedo que guardar um condenado que conta histórias não consta dos regulamentos e dos manuais de treino e de juramento de bandeira. Guardar-me implica vigílias especiais, horários descontrolados e muito desapego, sobretudo o desapego, para quando for chegado o momento de crivar o condenado de chumbo não acontecerem actos de piedades pelo meio. Mas os novos recrutas, futuros soldados reais, bravos sargentos, temíveis alferes, fidalgos furriéis, tenentes e capitães, estão embasbacados com a história que estou a contar e perguntam porque é que não são treinados então em transmissores orais para tempos de paz, instruendos primários ou guardiães da história e das histórias. Isto é a tropa, respondem-lhes os praças.

Não acredito. Não, com isto eu não contava. Estão a chegar pessoas cada vez em maior número: vêm da vila e dos campos, dos litorais e das montanhas. No primeiro grupo, as mulheres vêm com chapéus de penas e véus, os meninos com suspensórios e boné, e os maridos, aparentemente poderosos, chegam com seus privilégios todos à vista. Vêm munidos dos seus bancos e cadeiras de baloiço, de chás, bolachas, tapetes, ceroulas, pantufas, mantas, lençóis e abanicos. Chegam sempre com o ar de que vieram a um piquenique. Aliás, dizem mesmo à chegada: Viemos matar o tédio cá acima, viemos escutar as historinhas do condenado. Depois, sentam-se, escutam, pernoitam, permanecem madrugada dentro e, no dia seguinte, são os mais atentos aos meandros da vida do Língua e não querem ir-se embora. E vão ficando. Passam uns dias e vêm os parentes e aderentes saber notícias dos que partiram e nunca mais disseram nada. Aqueles que tinham ficado lá em baixo nos primeiros meses, porque não gostam de ver execuções, mudaram cá para cima com almas e bagagens e agora dizem que não voltam por nada deste mundo. No início, eram todos muito arrogantes. É a conduta natural dos novos que continuam a subir. Fazem que não se interessam pela história, olham de través os militares, escutam de soslaio o condenado, esguelham, buscam o melhor lugar para se instalarem, e pronto, já sabemos que nunca mais regressarão às suas casas. Tresnoitam, madrugam, acordam, voltam a dormir e voltam a acordar no mesmo sítio. Para se justificarem, dizem: A história desse Língua é uma delícia. Cá estão eles. Já esqueceram o caminho de regresso à casa e ao trabalho.

Vendo bem, aquilo que era suposto ser uma tragédia, pelo menos para mim, é hoje um soalheiro acto social. Aquilo que estava para ser um campo de disparos virou uma quinta de campismo. Há algo que nos está a ultrapassar a todos.

— Pois é: quando percebi o que o Rei queria com a biografia, resolvi procurar por conta e risco a pessoa e o segredo que estavam por detrás daquilo tudo.

A questão para mim era: que foi feito do menino depois de se tornar o Língua? Onde estava, o que estava a fazer? O meu eu perguntava sem cessar. Deixei o quartel e comecei a errar. Fui parar às terras de um senhor com um nome bizarro, interminável e complicado, Apolinário de Santa Maria Mãe de Deus de Albuquerque Magalhães Godinho de Sacramento e Guimarães, e isso era só o nominho, digamos, o olá por que era saudado todos os dias, porque ainda faltavam os restantes apelidos, os sobrenomes de circunstância, as pertenças de família e todas as homenagens aos santos padroeiros e protectores que lhe vinham acoplados ao nome.

Disse-me ele que o Língua era filho de escravos domésticos, Emília e Nazário. Os filhos de escravos eram vendidos em tenra idade como leitões. Tenra idade sim, pensei, mas nunca aos sete meses. Eu recusava aceitar o que me diziam. O menino tinha sido comprado por outro senhor. Mas, como convinha a tradição, quando a mercadoria era uma promessa de trabalho, como um bebé ou um vitelo, era deixado com os pais para que estes lhe pudessem dar um crescimento acompanhado e ensinar-lhe o ofício que, naquele caso, consistia em transmitir-lhe as línguas e os dialectos dos escravos.

E aqui começa o mistério.

O senhor Mesa não quis contar-me mais nada. Mas, então, questionava eu: Se foi vendido, tem de haver rastos no livro de assentos. Se morreu, tem de haver óbitos. Não é verdade? Não sabemos, contestavam-me. Se o senhor não sabe, como é que a gente vai saber? Ninguém sabia do menino.

Desanimado e com um sentimento avassalador de que nessa história havia omissão, decidi cobrar serviço a um velho amigo, talvez a única pessoa que me podia ajudar, o Zacarias. Contei-lhe os meandros dos acontecimentos e ele sugeriu-me: antes de mais, vamos elaborar uma lista que faça coincidir a pessoa com as suas diferentes outras pessoas. E explico-vos: nas ilhas, normalmente, Domingos é também conhecido por Banda, Frutuoso é Boitas, Napoleão é Pilas, João é Djonsa, e assim por diante. O nome de baptismo nunca coincide com o de casa. Esta era também uma forma de fuga. A minha sorte é que Zacarias tinha desenvolvido um valioso dom de ofício. Ele sabia que Engracia era Domingas Maximiano Da Luz, que o Papuli era Hipólito da Costa Moreira, que João Francisco era Pedro, que Pedro era Astúcio da Horta Semedo, que Nanda era Maria, que Odete era Jesus, que Sazi era Eurico que era Sérgio. Zacarias sabia isso de cor. A Igreja conferia com ele os óbitos, os funcionários judiciais certificavam as notificações, a polícia distinguia o suspeito do inocente. No fundo, do meu amigo dependia uma parte do reino de Portugal nas ilhas. Fizemos a lista. Zacarias foi na estante dos livros e tirou um calhamaço de inscrições matriciais, folheou-o durante meia hora e disse-me: Jesus, há aqui cento e oitenta e seis Esteban. Eu procuro Esteban Montejo, disse-lhe. Vinte e quatro, respondeu-me. Obrigado, disse-lhe e levantei-me para sair. Ele parou-me ao meio da porta e perguntou-me: Você disse que queria apenas um e agora leva vinte e quatro de uma assentada? Eu tinha percebido que 24 era o número do Esteban enquanto escravo. Não, disse-me ele, e fez-me notar que na primeira dúzia de Esteban havia um com dois apelidos, o que era raro. Ter dois nomes de família era inusual num escravo porque, mesmo vendido duas ou múltiplas vezes, mudaria sempre de apelido e adoptaria o do novo dono. Esteban Montejo Mera era o único naquela lista com dois apelidos. Senti no fundo de mim que esse era o Língua que eu procurava. E Zacarias, com tudo o que sabia, porém, desse menino ouvira falar apenas só até aos sete meses. Mas fez um reparo: aqui há erro de ortografia. Não é Mera, devia ser Mesa, apelido do patrão. Mas, pelo menos, encontraste. Fico feliz sempre que ajudo a encontrar alguém.

Estamos aqui a conviver como uns habitantes de um livro. Já nos conhecemos todos e nos tratamos como família. Por isso, não entendo o que se está a passar. A tropa colocou-se de repente na posição de atirar. Vão matar-me? Levantaram a perna esquerda perpendicular ao ombro, fincaram nela o cotovelo esquerdo aqueles que são destros, fazem o inverso dois ou três canhotos, poisaram a manípula do cano na cova da mão, encostaram a coronha ao ombro, fizeram um ângulo obtuso com o braço e o antebraço, agarraram a empunhadura da arma com quatro dedos, polegar atrás, o indicador à frente do gatilho, e agora estão fixos a olhar para mim e com um só olho. Estou a suar. Parece que estão todos à espera da ordem do comandante para puxarem a culatra.

— Atenção, o Comandante já está a chegar.

É o sinal inconfundível do Cabo Falinha. Compreendo que o Comandante tinha ido responder ao senhor rei, como é gíria dizer-se por aqui ir defecar. Tenho o coração dorido, porque é triste ser morto por alguém com quem partilhamos uma história.

— Atenção, chegou o Comandante.

— Onde é que o condenado está?,

pergunta o Comandante com um gesto antigo.

— Ali, contra o muro, meu comandante,

responde o Cabo Falinha. Está tudo em ordem. É hora de fazer chuveirinho.

O comandante dá uma gargalhada:

— Fazer chuveirinho? Que linguajar bélico mais desajustado. Pelo amor de Deus, meu pelotão, eu quero saber em que parte da história é que está o pobre homem? Ninguém mo matará antes que eu saiba o fim.

— Ele encontrou o Língua, meu comandante. Acabou, diz o Cabo Falinha.

Bom, acho que devo intervir.

— Acho que devo corrigir o mal-entendido, Comandante. Agora é que a história começa.

— Agora é que começa? Está bem. Mas veja lá se me termina o conto, se faz favor, senhor condenado, que nós um dia teremos de terminar o serviço,

responde-me o Comandante.

Que alívio, meu Deus.

Tudo indica que o mundo já sabe de mim para além da fronteira desta ilha. Pela quantidade de gente que aqui vejo, lá em baixo não deve ter ficado ninguém. Esta falésia já virou um povoado e a cada hora que passa chega mais gente: vejo alguns portugueses reformados acompanhados de seus amigos espanhóis e de outros mercaderes de lugares distantes, vejo gente estranha com os seus mais insubstituíveis animais de estimação, desde javalis, araras, até macaquinhos. É um cenário incrível: vejo gente antiga a receber gente nova, gente sentada a dar lugar aos que já não podem manter-se de pé, vejo gente incrédula, gente manifestamente apanhada pela magia da história, todos fundidos como se estivessem a viver dentro de uma mesma casa há um século. Confesso que estou a assistir ao nascimento de alguma coisa que nunca antes existiu na face da terra. Sinto o brotar de uma comunidade da mais encantadora façanha histórica. Assisto à vida no seu pulsar mais renovador. Que paradoxo, exactamente aqui neste lugar, que devia ser de morte.

A falésia, nome por que sempre foi chamado este lugar, hoje borbulha de animação e de cores. É uma estonteante movimentação de gente que se cumprimenta, olá mengana, olá fulana, a senhora também veio?, sim, e o gato?, o gato também veio, e você, eu vim atrás do meu marido que está cá desde o início, o seu vestido cheira bem, é manjerona, a saia é linda, o brinco também, eu vim porque prefiro parir cá em cima, parir?, sim, já nasceram cá muitas crianças.

Bem, é o que eu entendo na linguagem caluda que se instalou entre nós.

Na verdade, a grande transformação se dá quando as mulheres começam a fincar os seus mundos. Cá estão elas com as suas crias, suas agulhas, seus novelos, suas máquinas de costura, seus descomunais esforços de falarem caladas. Consta agora por toda a parte que aqui na falésia vivemos de pura diversão. E não é boato ou despeito. É verdade que se foi afirmando de língua em língua de mulher. Aqui ninguém trabalha só por trabalhar. Cada um faz o que é mister, se o afazer lhe permite simultaneamente escutar a história. É uma maravilha. O afazer só existe para entreter a concentração no enredo. Cozinhar, lavar a loiça, lavar as fraldas, dar banho, desembaraçar o cabelo e pentear são meras actividades para nos mantermos despertos e concentrados na história, dizem. O trabalho cá tem a função de um rosário nas mãos de um rezador. E o que era um mero acontecimento de aldeia espalhou-se mundo afora.

Começámos a ter rituais. Parece banal, mas daí a ter uma cultura e logo uma nação é só uma questão de tempo. Um desses comportamentos que virou tradição na falésia é, antes de qualquer tarefa, seja ela doméstica ou castrense, todos os dias de manhã toda a gente vir dar-me os bons dias. Saúdam-me carinhosamente, olá, senhor condenado, como amanheceu hoje?, e respondo, aqui, menos um dia, mais um dia. É assim todas as manhãs. São felizes de me verem vivo. Chego mesmo a pensar se alguns deles não estariam dispostos a dar a vida por mim ou, neste caso, a dar a morte por mim. Sei que já cogitaram isso e que a resposta do Comandante foi peremptória: A lei não permite. Está bem, respondeu o povo na ocasião: A lei não permite, mas também não permitimos que nos matem o nosso condenado.

Compreendo o desespero que é um livro sem a última página, uma história sem seu final, compreendo, diz o Comandante, mas entendam, eu recebi este livro com a página arrancada.

Desde aquele primeiro naco de pão, não há dia em que nesta falésia eu não receba de todas as mãos bolos, tomates, pepinos, carne de porco fumada e, clandestinamente, um pouco de água-de-vida, que é como aqui se chama uma boa aguardente de cana. Às vezes fico rouco de tanto contar, uma lamela toca a campainha da garganta, a saliva me vai pelo cachaço. Nessas horas, dou um grande gole de aguardente e agradeço essas coisas simples que originam a felicidade. Esta é a nossa realidade. Nos momentos de clímax, de suspense, de situações de intrigas, em que todos mordem as unhas, arrastam os pés, coçam o nariz, eu sou sempre brindado com um copo. É um momento de grande euforia. O comandante lembra-lhes: Chiu, silêncio se faz favor. E o *se faz favor* é para as patentes mais altas, as mais barulhentas com os copos. E todos obedecem. Pois, por uma questão territorial, tal como nos acordos diplomáticos e nas naves em alto mar, a falésia é zona de jurisdição exclusiva do comandante do pelotão de fuzilamento. E ele age sempre em benefício da história, e não dos ouvintes ou do condenado. Ele conquistou a graça deste lugar e o meu coração com a sua ternura.

— Depois de o ter encontrado no papel, de certificar-me de que o Língua existia mesmo, a minha convicção aumentou. Só faltava encontrá-lo em pessoa e essa tarefa tornou-se minha vida. Procurei o Língua durante dias, noites, semanas, meses, anos a fio. Todos sabiam dele, mas ninguém do seu paradeiro. Esteban Montejo Mera? Sim, o Língua. Ah, o Língua. O que aconteceu foi o seguinte: quando o Língua disse tenho uma língua, aos sete meses, ele foi propalado como a grande esperança do império. O proprietário dos pais de Esteban, dono também deste, começou a receber ofertas em moedas de ouro e promessas de percentagem nos negócios de escravos. No início resistiu, mas, estando o céu em crise de água naqueles anos e a agricultura de sequeiro a murchar, o senhor Mesa vendeu o menino. O comprador, como convencionado no contrato, esperou cinco anos para levar a sua mercadoria para casa. Quando o foi buscar, cumpriu com as recomendações e levou o menino ante o Governador. O Governador recebeu o Língua, teceu-lhe elogios por causa das suas capacidades inatas para com os artifícios da língua, deu-lhe biscoitos e, finalmente, explicou-lhe porque estavam ali. O menino perguntou ao Governador: O que é que eu sou a partir de hoje, senhor? Um Língua, menino, contestou o Governador. E o que é isso?, quis saber Esteban. Língua é aquele que vai na proa dos barcos e traduz a língua do branco para o dialecto dos negros. E também, com génio e disciplina, vai pôr na linguagem dos brancos as falas dos negros, percebeste? E Esteban, feliz e contente, com uma alegria insuperável de menino brincando, disse tranquilo ao Governador: Não vou.

Tanto quanto se sabe neste mundo, negro escravo nenhum jamais pronunciara semelhante frase. Primeiro, porque quando um negro era engraçado, os donos criavam-no em casa, como mascote, e era domesticado para dizer sempre e eternamente sim senhor. Segundo, quando um escravo recusava trabalhar era escravo morto.

O Governador perguntou-lhe: Tens noção do que disseste? Não desejas colocar ao serviço do representante de Deus na terra um dom que te veio do céu? Não vou, repetiu o Língua. O Governador pensou duas vezes, mas não teve saída. Debaixo de açoite é o escravo obrigado a trabalhar, mas a traduzir pode ser fatal. Não vais? Então, já saberás para onde vais, concluiu o Governador.

O trabalho do Língua até esse dia foi caçar moscas. Tal actividade não era menos difícil do que cortar a cana ou fazer a guarapa. Basta pensar que as mulas, as bostas, os porcos, os estrumes e os estercos amontoados na beira das casas eram ninhos inesgotáveis de moscas e que as moscas não se contentam nunca com aquilo que Deus lhes reservou. As moscas do campo sabem que o melhor sítio para se estar em boa comodidade é na casa do patrão, onde há mel, açúcar, carne a fumar, toucinho, melaça e outros manjares. Os patrões não gostam de ver moscas e, para enxotá-las, todos tinham um negro bem treinado em casa. O Língua aprendera cedo que, para ser um bom abanador de moscas, eram precisas agilidade e concentração. O patrão comia por quatro homens e a mesa parecia uma barca de comida de santo, guarnecida das mais apetitosas atracções: linguiças, geléias, queijo, presunto, funguins, mel, batata assada, gemada, frutas, tudo para ser abanado ao mesmo tempo. A criança tinha de ter uma concentração monástica. Munida de um leque de folhas de bananeira, exercia a missão com uma perícia espantosa. Ele sabia que, se por um dos azares da vida uma mosca atolasse na bandeja do patrão, oh!, látego e sermão, sermão primeiro, látego depois, avisaram-no. Felizmente, tal nunca foi necessário porque a enxotar moscas o Língua superava qualquer abanicador real, dos reinos dos congos aos haréns das arábias. Abanava de olhos fechados e recusava qualquer pedaço enquanto trabalhava. Depois ia para a cozinha comer, mas tanta era a sua revolta que punha o prato em cima dos joelhos e ficava a olhar feliz para as moscas que vinham fazer o banquete em paz e sem temporal à volta.

O comprador reclamou o direito a devolver o escravinho ao seu proprietário anterior, o senhor Mesa. Como previsto no contrato, este levou a sua mercadoria para casa, avisando o menino que não iria continuar a regar uma raiz podre, mal agradecida e de má catadura. Assim, no mesmo dia em que Esteban disse que não queria ser Língua, deixou também o trabalho doméstico e foi desterrado para trabalhar na plantação, numa das herdades da família Mesa.

Aqui na falésia não estão proibidos comentários, nem risos, nem prantos, nem qualquer outra manifestação. Mas aqui tudo se faz com uma eficácia que causaria inveja à sociedade mais organizada da Terra. Com isso tenho aprendido que, quando damos a vida por algo, ganhamos a vida em qualquer outra coisa. E isto não é filosofia de condenado, é experiência. Toda a gente aqui já compreendeu que o condenado não está a contar a história apenas para suster os dias, como fez Xerazade, a princesa árabe que se ofereceu em casamento ao vizir a fim de salvar as outras esposas do reino, que eram sumariamente assassinadas pelos seus maridos ao amanhecer das núpcias. Xerazade, muito sábia, livrou-se desse destino contando desde a primeira noite histórias ao seu Xariar. Amanhecia e na noite seguinte anunciava um novo episódio que se ligava ao anterior e ao anterior, sempre com deixas para o amanhecer e assim por diante. Conta-se que por mil e uma noites ela adiou o seu fim, adiando o final da história. E o vizir, apaixonado e incapaz de amar a sua esposa sem as palavras mágicas na noite, anunciou a liberdade da princesa e mandou ilibar todas as outras mulheres do reino. Esta é a história de Xerazade, mas eu não estou a adiar a minha execução. A história que eu tenho de contar é para salvar o próprio Língua. Tampouco estou a fazer passar o tempo como Penélope, a esposa de Ulisses. Este foi um herói grego que sulcou mares em combate contra as vicissitudes da natureza, dos homens e dos deuses. Enquanto ele estava fora, a esposa era assediada por um sem-fim de pretendentes. Penélope, que só tinha amor por Ulisses, prometia aos seus enamorados que, assim que ela terminasse um manto que estava a tecer, tomaria um esposo. Três anos esteve Penélope a tecer o manto, a desmanchar e a voltar a tecer. Quando ao fim desse tempo os enamorados descobriram o truque, Ulisses já havia regressado aos braços da sua amada. Esta é a história de Penélope, mas eu não, eu não estou a enredar-me aqui para enganar o tempo. Estou contra o tempo. Tampouco estou aqui a tentar renascer das minhas desventuras, como a ave Fénix, essa que ressurgia das suas próprias cinzas. Não, eu quero simplesmente contar a verdade que não se conhece. Até tenho pressa em contar e temo que a minha vida não chegue para tanto.

— Nas ilhas, só a Bíblia é mais sagrada do que o livro de assentos de escravos. Por ele sabe-se de faustosos proprietários que são filhos de escravos, de escravos que foram filhos de homens livres, de gente que trocou de apelido para apagar o passado, gente que comprou apelidos para branquear o futuro e gente que desapareceu inteira e completamente com nome, apodos, fortunas e tudo. Conta de pessoas que foram esfregadas com uma borracha até perderem a tinta, que foram riscadas, emendadas, corrigidas, sobrescritas e marcadas com uma cruz para o resto da vida, e de outras que foram rasgadas, queimadas, mutiladas e deitadas ao mar sem compaixão nenhuma. Sabe-se de famílias completas que se perderam no desaparecimento inexplicável de certas páginas, confidenciou-me Zacarias. E lembrem-se disso, porque a história do Língua vai desvendar-se numa dessas páginas.

Desgraçadamente, antes de completar os seis anos de idade, o Língua foi enviado para os barracões, onde todos os escravos, à excepção dos domésticos, viviam. Ali moravam outras crianças de cinco, seis anos de idade, mas com seus pais. O caso do Língua era raro. Os pais, Emília e Nazário, tinham morrido de morte natural. Morte natural era uma expressão que se colocava à frente do nome do escravo para dar baixa no livro de registos. Desconhecia-se o destino dos que morriam de morte artificial, de que não se falava e não era escrita. Nazário morreu primeiro e, três anos depois, Emília foi ter com ele. De modo que o Língua chegou sozinho com Deus à plantação.

A organização dos barracões consistia em duas filas de casas alinhadas frente a frente e uma porta que servia de divisória entre a barraca das mulheres e a dos homens. Havia uma cancela de ferro que entrincheirava os escravos durante a noite. Também desfilavam umas casas de tiras de madeira e outras de barro com cobertura de feno. Pareciam máscaras gigantes com um enorme nariz para a entrada das pessoas, duas janelas que olhavam constantemente para o vazio e uma boca que se tinha enfiado no chão e estava ressequidamente aberta. O Língua observou tudo, aproximou-se do nariz de uma das casas e entrou, mas a dúvida sobre a possibilidade de que fora mandado para brincar com os animais assaltou-o, porque nada se parecia mais a uma pocilga do que aquilo ali onde acabara de entrar: chão de lama, parede viscosa e com cheiro de urina e excremento. Claro que havia também algumas benfeitorias, nomeadamente, uma pedra cravada no chão, que servia de cunhal e assento, uma armação de galhos de árvores no tecto, em que se penduravam roupas e pertenças, dois bueiros para o sol espreitar. Bueiro é o que se podia chamar hoje sistema de ventilação, um buraco por onde sai o fumo quando não entra o ar e por onde entra o ar quando não sai o fumo. O sítio era também um óptimo esconderijo de baratas, pista para a correria dos ratos, habitat predilecto de pulgas, hibernadoiro de percevejos e demais mordomias animais a que os escravos tinham acesso livremente. E, se isso fosse pouco, havia os inseparáveis insectos do mato, mosquitos e moscas de todas as castas.

As portas das outras barracas estavam fechadas à chave, mas não havia sinal de gente. O Língua encontrou um cão. Ficaram a olhar desconfiados um para o outro. O cão dormiu passadas umas horas e o menino entreteve-se a contar as formigas que laboravam a seu pé. Contou-as: nove, dez, sessenta, trinta e dois, quarenta e quatro e mil formigas. Depois caiu no sono junto do cão. Só acordou quando ouviu guau guau e sentiu uma sombra entre os seus olhos e o seu sono. Do lado de cá da vigília começaram a chegar homens e mulheres saídos não se sabia donde, mas que vinham todos do mesmo lugar, a julgar pelos seus vestidos iguais, seus descalços iguais. Vinham todos silenciados e da cor da hulha, como filhos de uma mesma mãe carvão. Toda a gente ficou espantada com a presença de um menino tão limpo. A novidade circulou rapidamente pelos barracões e o menino abandonado foi recolhido pelo padrinho Gin Congo e a madrinha Susana, escravos que já estavam informados pelo capataz de que ia chegar alguém para tomarem conta.

O Língua reparou que toda a gente olhava para ele com pena, embora ninguém soubesse a sua história. Acontecia com frequência chegarem escravos novos comprados noutras propriedades, mas raramente um escravinho abandonado. Pois, quando os escravos ficavam órfãos, eram criados pelos patrões, se fossem domésticos. Aliás, criados ficariam para o resto da vida. Se fossem da plantação, outros escravos tomavam conta deles. Portanto, a pena também estava aguçada pela curiosidade. Ao perceber essa combinação, o Língua entendeu que tinha duas escolhas: ou fazia-se de vítima e morria, que também era uma forma de liberdade, quantas vezes praticada pelos escravos; ou encarava a ida ao barracão como uma conquista sua e sobrevivia, o que era outra forma de encarar o destino.

O Língua ficou toda a tarde em silêncio e a olhar para o padrinho. A madrinha estava de um lado para outro, ao que parece, a arranjar de comer e onde dormir ao menino. Já de noitinha, comeu o que lhe deram, entregou o prato à madrinha e ficou sentado a olhar para o padrinho. Ele sabia que tinha algo para contar, e sabia que o padrinho estava à espera, mas também sabia que um velho era incapaz de perguntar. Conhecendo os três o código, a madrinha saiu, o padrinho pegou numa faca e começou a cascar um pedaço de cana, como quem nem estava ali, e o menino ficou a baloiçar os pés. Esse silêncio era algo que todos os negros adultos usavam quando sabiam que alguém tinha uma satisfação a dar. E ninguém o aguentava: ou falava, ou desaparecia. A madrinha voltou, entendeu que a cana era um pretexto, que o que estava a ser cortado à faca era o silêncio, desculpou-se, porque tinha esquecido o rapé, e saiu.

O menino não falou. Vencido, caiu no sono. O padrinho pôs o cotovelo sobre a mesa e confirmou com a cabeça: tem carácter, este menino. Açoitado ele não está, acorrentado não veio, nu não chegou, portanto, roubou ele não roubou, mentiu não mentiu. Seja bem-vindo, meu afilhado, concluiu o padrinho. Esperou a esposa chegar, rezaram e foram em silêncio para a cama. A regra era a mesma. Se ele tem alguma coisa para me contar, conta. Senão, eu não pergunto.

Manhãs, dias, tardes, noites, madrugadas, dias, semanas, meses, anos. O Língua e o padrinho iam e vinham. Um ensinava, outro aprendia. O que havia para ser dito era dito, o que não, observando bem, também estava dito à sua maneira. Não só o padrinho e a madrinha, mas toda a gente entendeu que o menino era reservado, firme, de poucos lamentos e de poucas respostas. Ele assumiu a sua condição de escravo com uma altivez inédita na plantação. Se cá veio parar, assim inteiro e tão menino, é porque quis. Isto pensava toda a gente. E esse quis não era vontade, era coragem. De modo que todas as perguntas foram dadas por respondidas e o mistério passou a fazer parte do grande património das coisas que os escravos nunca disseram, nunca dizem e nunca dirão.

Manhãs que passaram

Cada criatura tem a sua hora do dia e da noite. Mesmo com a Lua e com o Sol isto acontece. Também há peixes que dormem de dia e há plantas que acordam de madrugada. Há pássaros que cantam com o sol e há arco-íris de estrelas. A hora das crianças é a do nascer do dia. Sentem um sono pesado e uma ansiedade de se levantar que não sabem o que fazer. Era nessa hora que havia mais trabalho para os escravos. O Língua rezava com o padrinho e a madrinha e ficava à espera da primeira conversa da manhã. A conversa fluía sobre o orvalho, os espinhos, os galos, as pulgas. Às vezes, não por descuido, mas por sabedoria, uma palavra roçava a casa do patrão, encostava na esquina, espreitava pela janela, mas o menino esquivava e andava pelas veredas do campo do dia anterior, e voltava para o lugar onde estava sentado. Outras vezes, a madrinha pronunciava comadre, compadre, afilhado, destino, e o menino fazia eco e voltava as palavras às avessas, comadre era a madrinha, compadre o padrinho, afilhado agora filho, destino era estar ali, e ponto. E as manhãs foram entrando pelo funil do tempo, para um baú que a memória do escravo considera fechado para sempre. Caixa de pandora é brinquedo diante da arca de lembranças que o escravo se recusa geneticamente a abrir. É o que há de mais segredo, e há mil códigos para passar perto, mas a regra é nunca tentar entrar.

Dias que escorreram

Dia era até o meio-dia. Neste tempo, cada escravo falava com sua própria cabeça, dialogava com o seu sentido, ouvia o seu silêncio e sua voz interior e fazia de si um monte de homens. A única pessoa que falava era o capataz, mas ninguém podia responder. Era o momento para cogitação: acontecia terem alguns escravos domésticos dotes de músicos, de poetas, de curandeiros e, então, serem tratados com um respeito singular. Mas, se lhe fosse pedida uma diversão ou um remédio e ele respondesse que não tinha inspiração, ou que os espíritos não estavam a ouvi-lo, por respeito era enviado à plantação com a acusação de falta de respeito. Era um castigo provisório que se tornava permanente, pois o orgulho de um escravo é ainda uma matéria por estudar. O Língua pensava no que o padrinho podia estar a pensar, e o padrinho achava que o Língua sabia que a sua história tinha chegado ao barracão. E assim foram escorrendo os dias.

Madrugadas dos galos

Não foi por acaso que Jesus teve uma história com os galos. O galo é anunciador de boas novas, porque comunica o nascer do sol. Na tradição japonesa diz-se que se deve a um galo o Sol que brilha no país. O galo simboliza o orgulho, está associado à virtude da coragem, ao bom augúrio, à bondade e à segurança. Para o budismo, o galo está na roda da existência, juntamente com o porco e a serpente, e é um dos três venenos, simbolizando o apego, a cobiça, a sede. Em alguns países da Europa, o galo tem um imaginário ligado à cólera e à explosão de um desejo desmedido e contrariado, etcétera e galo. Para os escravos, os galos cantam de madrugada, entre as três e as cinco. A essa hora os mais velhos já estão acordados nos barracões. Pensam, cuidam, meditam e olham para aqueles que dormem. Assim passaram as madrugadas. E o menino nunca falou enquanto dormia.

Tardes tarde demais

As tardes são metáforas de poiais, o sítio onde o sol se senta e descansa antes de entrar na água. É um afago morno para os reumáticos, um bálsamo quente para os asmáticos, uma luzinha de todas as cores, a hora de pisar o louro, enrolar o tabaco, fazer o siré e o rapé, de tirar a lama da enxada, de secar o mofo do chapéu. É a hora da andorinha, a hora de cortar as folhas para o chá, de regar o rosmaninho e a belgata e, claro, tudo isso para ninar a conversa mais prazenteira. De manhã, falava-se de coisas longínquas, durante o dia ninguém falava, à noite o ritual era outro. Portanto, era à tarde que os escravos punham a conversa em dia: falavam de doenças e de velhice, falavam de melhorias, de notícias das outras plantações, das ausências desmedidas, do que tinham para partilhar. Os meninos aproveitavam para brincar um pouco: corriam, corriam e corriam. A bola feita de bexiga de porco durava um dia e esse dia era de ano em ano. Portanto, corriam e davam gargalhadas. Nenhuma criança se sentava para conversar, a não ser que estivesse doente. O padrinho continuava esperando, contudo. A madrinha já não. E o Língua, definitivamente, achava que já era tarde demais. Não contou no princípio e, agora, ou todo o mundo já sabia, ou já não valia a pena. As pessoas também têm o direito de criar as suas próprias histórias, inclusive sobre a vida dos outros.

Que noites

Lua nova. Lua Crescente. Lua Cheia, tempo de contar histórias. A tradição, às vezes impõe conquistas: depois da janta, vinham à rua as esteiras, os sacos, a roupa velha, saionas, bancos e uma roda de meninos. O velho chamado Cavalo tinha a prerrogativa de ensinar, de contar histórias, de criar fantasia, mas também de fazer o trabalho de não deixar morrer, de não deixar morrer, dizia. Quando a Lua estivesse no meio do céu, o recolher era ditado. E então começavam as noites, que noites, de viagem à terra longe que tem gente gentio que come gente, de reinos com nomes intrincados e reis valentes, de riquezas que enchiam grutas e grutas, de comidas faustosas regadas com vinho, de elixires que cobriam a terra toda, de fragrâncias que endoideciam. E o sonho embalava a condição de homem, de menino a velho, para mais um amanhecer.

Semanas que mudam

A primeira semana de trabalho na plantação era a prova mais dura a que um menino escravo podia ser submetido. O Língua sobreviveu com uma alegria espantosa. Parece que tinha nascido com um ancinho e um arado em cada mão. Descansou no domingo e recomeçou outra semana. O pequeno ciclo-fracção da eternidade já estava fechado. Assim, o menino deixou de ser preocupação, deixou de ser novidade. A conclusão geral a que todos tinham chegado era que coisa boa ele não tinha feito, coisa má também não. Essa dúvida e essa certeza eram reservadas a grandes homens, cujas histórias todos sabiam, mas ninguém contava, nem mesmo nas noites de Lua Cheia. Eram histórias que cada um tinha de descobrir por si só.

Meses que contam

Um mês é composto por cento e vinte e quatro dias. Mas, à medida que os meses avançam, também vão crescendo. Começam no corpo de uma criança, contando esses dias, depois chegam à resistência de um jovem escravo e duram oitocentos e doze dias. Na velhice, cada mês equivale a três mil seiscentos e cinquenta dias. Os velhos começam a diminuir de tamanho, enquanto os meninos para lá caminham. Medir o tempo é uma coisa, sentir o seu peso é outra ciência.

Os anos têm olhos na nuca

O Língua ganhou o respeito de si e de todos, pois tinha conseguido guardar um segredo. Ele não percebeu e tampouco lho disseram. Mais tarde, ele conheceria o que era esse valor que os escravos tanto prezam. Os anos passaram olhando para trás. É assim no tempo de quem não tem perspectivas. Sonhar futuros pode ser penoso para quem não é livre. Primeiro a raiz, depois a flor e o fruto. Pelo menos isso ele aprendeu com os anos que voaram.

III

*O homem é de onde
se sente bem*

Depois de quase vinte anos aqui na falésia, começou a revolução industrial. E aqui ela chegou com a entrada da mesa, uma coisa corriqueira de quatro patas, que, porém, tudo mudou. Pois agora não é chão posto como dantes, mas mesas de se sentar à vontade. Cada mesa é um compartimento que nos deu aquilo a que podemos chamar base da sociedade falesiana. Há cortinas anoitecidas à frente das velas acesas, há divisórias, canapés e um cantinho novo onde dormem os talheres. Antes só havia espetos, navalhas e facões, agora há colheres, pratos, toalhas, xícaras, coadores, bules, etcétera. São sete horas da noite e a falésia parece uma taberna grega ao ar livre: há vinho, peixe, azeitonas, troços disto, tranches daquilo, cheiros e temperos. E por toda a falésia há fogões de pedra e lenha, toldos, biombos, esteiras, lava-roupas, tinas, surradeiras, fogareiros, lampiões, carvões, cordas de secar, secadouros para corar, delimitação e demarcação das quadras, nomes de ruas, lamparinas de iluminação pública, uma capela, um altar, um chafariz, um posto de socorros, um largo de fumo, uma área de jogo, uma fortaleza, uma manjedoura, um bebedouro e uma barbearia, todos nascidos discretamente enquanto eu fui narrando.

Tudo surgiu sem plano nem acordo, só com o simples exercer. As pessoas fazem tudo na maior calada, sabem tudo executar sem qualquer reprimenda ou contenção. Tudo está no seu mais devido e precioso lugar. Isto é, a vida impôs alegremente o seu estilo e está, ela própria, a surpreender-se na fluidez com que tudo se conjuga. No fundo, ninguém previu nada disso, eu sei. As pessoas vieram apenas porque você vai e eu também vou, a vizinha foi e não voltou e eu também quero ir lá acima ver o que se passa. E, assim, uma pessoa foi chamando a outra e Joana foi, Maria idem, Paula também, porque, se os vizinhos cá do lado foram, nós também iremos, pois não somos os mais menos. E fundou-se esta vila.

Dos que vieram dar uma olhada à falésia ninguém voltou a casa, nem para apagar o lume, nem para ir buscar os lençóis e as trouxas de higiene. Ninguém quis perder mais do que já tinha perdido. Alguns mandaram os filhos rapidamente buscar o resto da casa, e aqueles que não tinham proles pediram ao vizinho do lado: Por favor, vizinha, deixa o seu menino dar um recado ao meu marido ou à minha sogra, diz-lhes para virem com a maior urgência e que tragam com eles o quarto, a cozinha e a despensa, aliás, a casa toda, menos as paredes, por agora. E cá estão: o padeiro, a cozinheira do Governador, o sapateiro, o carpinteiro, o pedreiro, o mais velho, o mais novo, o mais antigo, o mais recente. No início eu estava curioso, porque há coisas e profissões que não se coadunam com o silêncio. Mas cá estão, cada um no seu mais complexo e simples afazer: os seus tachos têm alças de trapos, os caldeirões trazem pés de barro, as caçarolas ficam sentadas em ninhos de albardas, as canecas de ferro esmalte foram substituídas por cascas de coco, os colherões de alumínio viraram todos de pau, o funil de latão está vestido de folhas de bananeiras e os pratos são de argila cozida. Nada pode fazer-se ouvir aqui, só o condenado. Dele é a palavra e a sua palavra vale vida. A tropa desenvolveu um sistema ultra-eficaz de comunicação por sinais, as crianças obedecem ao olhar dos pais com toda a definição, as mulheres tagarelam em cochicho, os homens discutem só com os ombros e não soa nada senão a minha voz.

Aqui tudo criou as suas próprias regras e as coisas que nunca foram regradas estão a ganhar as suas medidas de forma mais subterrânea e discreta. Talvez já possamos falar do nascimento de uma cultura, uma que só se salvará pela escuta do outro.

Sou dispensário da maior das atenções, sou alvo de todos os olhares, sou motivo de todo um êxodo, sou toda a razão da existência deste novo povoado no mapa-múndi. Porém, não sabem o meu nome, a minha idade, se tenho filhos e filhas, esposa, se tenho saudades, fé, esperança, nada sabem de mim, como se eu tivesse nascido condenado. Engraçado.

— Psiu,

está a dizer o Comandante.

E parece-me que é mesmo a mim que ele está a mandar calar.

— Psiu,

repete.

Não me calo. Morrerei com as palavras na boca, mas não na garganta.

O Comandante está a olhar-me com gravidade e firmeza. Vejo que entra uma pessoa. Parece um Governador. E é. Vem na minha direcção:

— Ponha-se em posição, senhor condenado.

Bem. Ponho as minhas mãos atrás das costas. Deixo-me agarrar um dos punhos.

— Ponha-se em posição de sentido, senhor condenado, coloque as mãos ao lado do corpo. Vou comunicar-lhe a vontade do Rei.

Ele está a ler: Lisboa, data, ano de não sei quê, introdução, parágrafos, alíneas, considerandos, eu não distingo nada, para mim é tudo ruído, eu só quero saber da conclusão da vontade do Rei, e blá blá blá, quase me desmaio, conclusão, dois pontos, parágrafo:

— Não pode um condenado cristão mandado à morte por fuzilamento ser deixado morrer à fome. Cumpra-se, bom dia, com licença, sigam as vossas fainas.

Estou com o olhar turvo, mas vejo o Governador cumprimentar o Comandante e fazer o gesto de se retirar. Fica ali de pé a gesticular. Em mim umas pernas de lágrimas descem cara abaixo. O povo agradece, toda a comunidade da falésia festeja, os soldados sorriem e aplaudem, aplaudem porque, vinte anos depois do primeiro naco de pão, chegou a legitimação do que se fez com humanismo. Eu, caramba, não sei se devo exigir retroatividade alimentar, indemnização por comer fora de horas, ou melhor, fora de décadas, ou se requeiro ressarcimento por dieta retardada, ou coisa assim. Bem, e se me pedirem em nome do Rei para gomitar vinte anos de comida clandestina?

Justiça seja feita, o meu estatuto de condenado mudou substancialmente depois da inesperada ordem imperial, passe o termo, que demorou vinte anos a chegar à falésia. Antes, nutriam-me clandestinamente e por piedade, agora tenho direito real à alimentação. Essa prerrogativa muda tudo, começando pelo pressuposto de que quem oficialmente come, também oficiosamente defeca. Por essa lógica, começo a usufruir de alguma privacidade, coisa de que fui prescindindo gradualmente desde que cá cheguei, porque eu não podia ir à ribanceira, não me era facultado saltar para trás do muro, unhir os habitantes, isto é, descer as calças de costas para as pessoas. De modo que, com o tempo, fui-me adaptando. Nos primeiros dias comecei por dizer ao senhor comandante: desculpem o embaraço, senhor, mas preciso fazer uma água. E o Comandante, sempre com muito pudor, olhava para a esquerda e para a direita, fazia sinais às senhoras para que se distraíssem olhando para o mar ou para o céu, e dizia-me: faz, tenha a bondade. E eu, que sempre tive as mãos livres a pedido dos soldados analfabetos e das crianças que gostavam que eu gesticulasse, desembaraçava-me acanhadamente das braguilhas, dava uns passos para os lados, dias para cá, dias para lá, e urinava com um alívio celestial. Ao cair da noite, quase sempre, eu tinha outro pedido constrangedor: senhor comandante, preciso responder ao senhor rei. E o comandante autorizava-me dizendo: pode destroçar, senhor condenado. E eu me agachava ali num cantinho do chão e aliviava as tripas, dias ali e dias acolá, evitando sempre a direcção do vento. Mas, pobre do humano, com o sol e o calor dos trópicos, por mais asseado que eu seja, o meu recinto sempre fedeu. Entretanto, por causa da caca, aconteceu-me um dos mais lindos momentos da minha vida. Lembro-me: estava eu entretido a narrar, e um soldado levantou-se, foi até à divisória do ferreiro, regressou com uma pá e uma vassoura, pediu-me licença e recolheu o monturo da minha miséria com o maior rigor. No dia seguinte, lembro-me, o Cabo teve a mesma acção. E, desse dia em diante, nunca mais faltou quem religiosamente viesse todas as manhãs ao pé do muro onde estou, para varrer, cavar, enterrar o lixo e borrifar com água do mar o meu exíguo espaço. É assim que partilhamos os nossos dias na maior sanidade.

— Os barracões eram uma espécie de mundo privado, digo-vos. Ali lavavam as mulheres as suas e as roupas alheias, ali tosquiavam os negros as suas cabeleiras, secavam as lavadeiras as suas vasilhas de pele de bacalhau cheirando a iodo, penduravam os homens a carne para secar. Ao redor era um campo nu que semeava tristeza. Não havia árvores, não havia nada, só breu, terra e solidão. Cada coisa doía a seu momento. De manhã era o sono, à tarde o cansaço, à noite a falta de sono, mas nenhuma dessas coisas carcomia tanto a alma dos negros como a falta de árvores nos arredores dos barracões. Os negros amam as árvores. O segredo desse amor é a reciprocidade.

A maioria dos escravos não sabiam a data de seu nascimento, mas é difícil não se lembrar de alguém que nasceu num dia em que não se trabalhou, 25 de Dezembro. Por isso mesmo, só foi lançado nos livros dos assentos no dia 26. Quando fez seis anos, o menino mudou de estatuto e de estrutura. Um escravo de seis anos já contava como mercadoria pesada. Não houve festa. Mas sete é um número cabalístico. Sete diz-se *olodi* em yoruba, é sagrado, perfeito e poderoso, indica o processo de passagem do conhecido para o desconhecido. O sete é uma combinação do três com o quatro, o três é o Espírito e o quatro é a Matéria. O sete é o número da transformação, é a primeira manifestação do homem para conhecer as coisas do espírito, as coisas de Deus, a Criação. O padrinho fez-lhe um amuleto e disse-lhe que, doravante, era o afilhado que tinha de cuidar do padrinho. Isso atiçou no Língua a contradição entre o sentimento que o vinha acossando e o de lealdade. Mas era estranho: ser leal ao que está mal, mesmo para com a pessoa que mais amamos, é ser escravo. E ele dizia para si: O padrinho há de me perdoar, um dia. Mas nunca abriu a boca, nem para contar o sentimento, nem para contar a decisão.

Oito é infinito, mas era cruz-credo-abrenúncio para o escravo. Em muitas culturas, quando se está na desgraça, não se conta este número, salta-se de sete para nove que, paradoxalmente, é finito. Assim fez o Língua, porque, para ele, cada ano passou a ser uma pedra no caminho, ou melhor, uma cadeia na corrente. Parece absurdo, mas nem os prisioneiros contam os dias como os escravos. Não era uma questão de futuro, mas sim porque a condição se perpetua com o tempo. Há idade de mais procura e de menos procura, de mais valor e de menos, de venda e de dação, de cuidado e de abandono. Isto torna tudo muito incerto. E, para a certeza que ele tinha na cabeça, precisava, por então, de ficar onde estava, nessa plantação, e não noutra.

A voz quando muda traz autoridade, traz muito mais apetite, acende o inconformismo, atiça a vontade. Dez anos é muito adulto, sabia o Língua pela vida no barracão, embora continuasse na condição de cria, por conveniência do patrão. Sim, sempre por conveniência. Mas, convicto, tudo começou a ser feito com um propósito, no maior e mais profundo silêncio e segredo. A decisão já estava enfim tomada. Agora era uma questão de tempo.

Depois das mesas vieram as camas e a revolução está completa. São duas instituições que garantem a sobrevivência da nossa espécie. Já há camas fincadas nos compartimentos, camas de vários estilos e tamanhos, de ferro, de madeira de mogno, de bambu e até de pau de sisal. Há também camas de chão, que são os colchões de florzinha, as esteiras de folha de bananeira, os sacos de palha de milho. A noite aqui é tão plácida. Alguns velhos roncam sentados, suas mulheres fazem tricô, de pé, porque neste lugar ninguém dorme por completo, seus meninos caíram ninados pela história. Entretanto, em cada família há sempre quem fique desperto para poder transmitir a história aos seus entes adormecidos.

Vejo o Governador a cochilar. Pobrezinho, ele veio ler uma carta régia e parece que não mais descerá para o seu gabinete. Fica tão absorto na história do Língua que parece dizer: De cá não saio, de cá ninguém me tira. Para já, cá tem a sua cozinheira.

Eu sei por experiência própria que daqui a pouco está todo o mundo a dormir, mesmo aqueles que ficam de guarda da história. Sei que daqui a pouco serei o único anjo-da- -guarda deste lugar. Para ser exacto, não durmo há sete mil trezentos e vinte e quatro dias, assim redondo e par, porque houve uns anos bissextos atravessado pelo meio, já não me lembro quando.

A faculdade de dormir ouvindo a história, seguir ouvindo e seguir dormindo é algo normal na falésia.

— Don, don, don, don, don, don, don, don don, as campanadas da Avé Maria, nove ao todo. Quatro horas e meia da manhã para os escravos. E a madrugada erguia num remexer surdo. O Língua ficava mudo e aéreo a olhar para o escuro. O crepúsculo tinha um ar enigmático dessas viagens que se fazem clandestinamente de madrugada, dessas em que há sempre um sentimento calado de não regresso, reminiscência trémula de porões de barcos, de carroças na lama, de mulas carregadas.

O menino teve de aprender cedo e sozinho a lógica do sino pendurado na torre da propriedade. Era o que dava a toada da vida na plantação. Badalava sob a regência do contramestre e ditava o tempo de se acordar, de se vestir, de se lavar, de gargarejar com água e sal, persignar, matar o jejum, tudo de uma bocanada, porque, em breve, soaria a segunda campanada fatal, a das seis da manhã, hora da formatura no exterior do barracão: de um lado os homens, do outro as mulheres. O Língua, no início, ficou meio indeciso, não sabia para que lado havia de ir. Mas entendeu que os escravos nascem todos homens e mulheres, homens de um lado, mulheres do outro, não meninas e rapazes, nem crianças.

Por coincidência, deram ao Língua a especialidade iniciática de carregar o bagaço. Trabalhava das sete às onze horas e fazia uma pausa para engolir o que lhe davam, basicamente hortaliças cruas e pão. Logo ouvia o apito, que substituía o sino durante o dia e queria dizer ei, mais rápido com o ancinho, o maxim e o arado.

E assim começava o declínio e o sucesso de um menino escravo, destinos inversamente proporcionais na ordem de ser gente.

Nos dias seguintes tudo se tornou mecânico para o Língua, e ainda não era a mecânica inventada. Os homens pareciam um só homem trabalhando, pareciam um só homem sofrendo, um só homem morrendo aos poucos, todos rezando perante um único Deus, apesar dos seus deuses. Terminada a oração, recolhiam-se às casernas em silêncio, davam um tempinho para as suas pessoas, aquele impagável momento de dividir uma prosa com um amigo, o saboroso e terno gesto de trocarem entre si a dieta, o escasso tempo para uns cumprimentos à distância, para umas evocações divinas dos longínquos santos, para uma jogada de oril, duas cartadas do baralho e três búzios do lance. E o tempo esgotava.

Os deuses são sábios, disse-lhe uma vez o padrinho Gin Congo. Porque, quisessem os deuses que as plantas parissem todas as manhãs, como as marés, os dias seriam todos de colheita. Quisessem os deuses que as canas florissem todas as tardes, como os crepúsculos, todas as noites seriam de safra. E então não haveria negro que resistisse, meu filho.

Durante seis meses, no tempo da safra, a jornada de trabalho tinha início com a campanada das seis e terminava com a campanada das duas horas da manhã. Às seis da mesma manhã, os escravos tinham todos de estar na formatura para mais vinte horas de trabalho.

As peças começaram a encaixar-se, com os anos. O Língua conheceu de perto a pessoa que ia mudar-lhe o percurso de vida, o contramestre. Este dormia dentro dos barracões e era o inimigo de estimação de toda a gente. Nos barracões, até o sono era por ele vigiado, ou incomodado, às vezes por zelo, às vezes por desmazelo, como bem lhe desse na tola.

Certa manhã, estando os escravos na formatura, o contramestre apontou o dedo ao Língua e disse-lhe: tu, toma este embrulho. Os olhinhos do menino brilharam como interior de jambo. Imaginou caramelos, rebuçados, queijo, mel, torresmo. Abre, ordenou-lhe o contramestre. O menino colocou o embrulho no chão, desatou o nó e viu: um par de calças de linho cru com uns bolsos que pareciam anemómetros, uma manta, um boné de lã como um porco-espinho e um par de sapatos de couro com solas de madeira. Olhou para os outros escravos, olhou para os pés do seu padrinho e reparou que portavam restos de uma antiga sandália no lado esquerdo e traços de um velho tamanco no lado direito, todos atados com umas cordas de sisal. As roupas de muitos eram lembranças antigas de camisas com mangas, partes incertas de uma muda vetusta de que nem Matusalém seria capaz de se lembrar e chapéus que se agarravam teimosamente à nuca como macaco.

No dia seguinte o Língua apareceu todo catita na formatura com o novo traje. Parecia um homenzinho insuflado. Mas ninguém teve motivos para rir. Era normal a figura de espantalho na plantação. Nessa normalidade, contra todas as previsões, aconteceu, de repente, um estremecimento: o Língua reparou que alguém o olhava com olhos de admiração e deleite. Era uma menina. Ela estava trajada com uma camisa rota sobre uma saia velha sobre um vestido sujo sobre um mandrião largo, tudo como uma combinação de roupa só. Mas ele não tinha lembrança de visão tão bela em toda a sua vida.

— E soou o apito do capataz. O Língua partiu a carregar o bagaço, a puxar a mula, a carroça, a encher a carroça, a esbofetear a mula, a levar a carroça, a parar a mula, a esvaziar a carroça, a virar a mula, a guiar a mula, a parar a mula, a carregar o bagaço, porque eram essas as suas tarefas. Não mais do que isso, actividades que se lhe instalaram na cabeça como apêndice de escravo. O mundo virou bagaçomulacarroçamulabagaço, um sonho comprido e uma realidade insuportável. E as nove badaladas de Avé Maria zuniam-lhe nos ouvidos como fio de assobio cósmico.

Então foi que o Língua soube o que era um dilema. Por mais que a razão nos crie ciladas, por mais que nos torturemos com as nossas próprias armadilhas mentais, só saberemos, porém, o que é um problema quando o coração nos trama. A decisão que já fora tomada pulou para o lado da incerteza. O coração desenhava imagens daquela menina em tudo o que o Língua passou a fazer. Aquele sentimento inicial, o mais nobre até então vivido, e que ele guardava a sete chaves, ficou pequeno diante desse que acabara de nascer com a menina. A paciência cultivada até então como a virtude maior virou o mais puro desassossego. Desassossego? Ele desconhecia: é um misto de energia vital casado com desmaio. Isto, sim, mata. Mata mesmo. Todas as convicções foram abaixo, toda a coragem se desvaneceu, todos os planos tremeram e, o pior de tudo, o Língua já não queria que o tempo passasse. Bem, queria, sim, mas, então, muito depressa, como um redemoinho.

E agora, rapaz?, perguntava-se.

Barracão virou um lugar bom de se estar. Ir para a formatura era uma prenda diária, um raio de sol na manhã. Voltar do campo, brincar à tarde e trocar olhares nos corredores converteram os dias em autênticas peregrinações ao Paraíso. Só que o coração tem uma guerra antiga com o cérebro, antiquíssima, e ainda não resolvida. A cabeça do Língua virou uma corrida de cães, cheia de latidos, de poeiras, de saltos, de pedradas, de sismo.

E a pergunta quieta virou uma permanência: Faço ou não faço? E, quando decidia com toda a determinação, faço sim, vinha outra pergunta: Faço o quê? E foi então que ele bateu com a mão no peito e decidiu duas coisas sensatas ao mesmo tempo: falar com o padrinho e com a menina da fila do outro lado. No fundo, o assunto era o mesmo, embora diametralmente oposto.

Os escravos tinham um dia chamado dia do negro. Era antes uma vez ao ano e agora era todos os domingos. Nesse dia, os outros dias de semana desapareciam completamente, só restava o domingo, plácido e incomparável. Ninguém se importava em pensar no dia de amanhã, só sabiam que no dia seguinte o domingo morreria e que, impreterivelmente, voltaria a ressuscitar no sétimo dia, religiosamente, para a continuação da festa suspensa pela faina da semana, pois, para os escravos, o amanhã era de semana em semana. Noutros tempos, o amanhã chegou a ser de século em século.

Parecia surreal, mas os escravos divertiam-se mais do que qualquer outra criatura na Terra, desde que fosse aos domingos. De todos os cantos dos barracões saíam sons e eles batucavam e dançavam do nascer ao pôr-do-sol e, às vezes, do antes do nascer ao depois do pôr-do-sol. Tocavam, cantavam, comiam, bebiam e jogavam sem cessar, tudo clandestino, mas tudo permitido. Era a ocasião ideal para falar com a menina da fila do outro lado. Era só esperar pelos tambores. Para o padrinho, esta era conversa para o poial. As voltas que o amor nos dá.

— Entre as proibições preferidas dos escravos, como em toda a parte, o mais proibido é o mais apetecível, estava o jogo.

(E se eu pusesse a meninada a jogar? É o que vou fazer):
— Preciso de cinco ou seis meninos: este é o jogo da paleta, que o Língua adorava. Põe-se no chão uma casca de uma espiga de milho cortada em duas, coloca-se em cima uma moeda. Damos dois passos, traçamos um risco no chão e colocamo-nos atrás do risco. Cada jogador apanha uma pedrinha do tamanho de um zimbrão e a regra é simples: bater na folha do milho com a pedra-paleta e derrubar a moeda.

Era sempre uma bagunça. Quando o jogo da paleta tinha lugar dentro do corredor que separava as duas filas de barracas, o juiz era o juízo de cada um. Havia um outro jogo em que ganhava quem mais garrafas deitasse ao chão, mas, muitas vezes, ao chão iam mais homens engalfinhados do que garrafas empilhadas, tudo por causa do dinheiro apostado. O contramestre, que era o chefe dos batoteiros, quando ganhava dizia, acabou o jogo, quando perdia queria o dinheiro de volta, senão vou informar o patrão de que há jogos nas barracas, dizia. E todos sabiam que, vindo o patrão, todo o dinheiro seria confiscado, tanto o dos jogos como o dos câmbios desiguais que tinham lugar entre os escravos e os paisanos que iam comprar leitões e hortaliças. O Língua assistia de longe, por duas razões: o padrinho condenava a prática do jogo por dinheiro; ambos achavam o cúmulo da escravidão um escravo brigar com outro. Talvez este fosse um bom mote para o início da conversa decisiva que ia ter com o padrinho.

Bem, o que vejo é de tirar o fôlego. Não posso acreditar. Os pais seguiram as instruções junto com os filhos, os chefes receberam ajuda dos subordinados, as mulheres puseram-se do lado dos homens, outros homens fiscalizaram as distâncias e o tamanho das pedras, as mesas chegaram para lá, os bancos e as cadeiras subiram para cima das mesas, as roupas foram recolhidas das cordas, e está todo o mundo a jogar no maior regozijo deste mundo. Cada família está a traçar o seu risco privado no chão para jogar sem sair de casa, digamos assim. Assisto a um arremessar de pedras que está a deixar a falésia convertida num autêntico mar de calhaus voadores. A tropa joga por grupos, os cabos com os furriéis e os sargentos, os soldados rasos com os praças e, mais para lá, como quem diz, no mais reservado, num canto, uma espécie de clube das patentes tilinta de emoção. O povo saltita de alegria. Os meninos jogam com grãos de milho, as mulheres com botões e, na azáfama competitiva, só há tempo para mudança de campo, isto é, para mudar as pedras de lugar, porque à cabeceira do jogo formaram-se montículos de cascalho como filhotes de vulcões que se desgrudam. É preciso virar o jogo de vez em quando para que a montanha se desloque de montante para jusante. Parece-me, entretanto, que há ali um assunto da mais alta complexidade para o desenrolar do torneio: a falésia por fora é só rocha vulcânica e por dentro só chão calcetado. É difícil arranjar-se pedras com as características adequadas ao jogo, queixou-se um morador. Faz como nós, diz-lhe o comandante, andamos a jogar com anilhas e ilhoses. Por aqui também, responde uma das patentes, há muito que andamos a jogar medalhas e emblemas. Mas não, respondeu o pedreiro, este é

126

meu ofício. Pensei que nunca teria cá utilidade. Vou fazer
pedras para o povo jogar.

Não acredito no que vejo. Pedras para que vos quero:
roliças, polidas, rombas, molhadas,
de pardieiro de obelisco de capela de pirâmides
de jade de xadrez de construção de vulcão
de enxofre de sal de açúcar de uma pedrada
de Buda de moinho de amolar faca e espada
de espuma de mar de algum lugar da lua
fundamental divina filosofal preciosa
de Pedro de Sísifo de Jesus e Madalena
esculpida lascada polida rolada
exaltada sustida cunhada perto do cunhal
no sapato nos bolsos na mão
à cabeça
de alicerce
de pular e saltar de brincar e trincar
de pedra parda para arder
da prata pedra ingrata
chã de pedra
pedra contra pedra
pedra apenas cristais de água
debaixo de água mole
coração de pedra
pedra riba pedra
pedra simples pedra
pedra bruta pedra
brita pedra podre

e o frenesim da paleta atinge o seu auge.

A cultura é que faz a pedra ser preciosa ou lapidada. Diamante é pedra bruta e, se cá houvesse, com ele jogaríamos entre os cascalhos vulcânicos.

— E o Língua sentiu que os anos, que ele quis que não passassem, já não eram os mesmos desde então. Não foi só a voz que tonou. As mãos ficaram rudes, as canelas ficaram a nu, os dedos dos pés pediram que ele aumentasse a ponta dos tamancos, e isso não foi possível e, então, o calcanhar andou para atrás. E, para completar, o Língua sentiu o tamanho dos ombros e dos membros. Essas construções dos dias e dos anos empurram-nos para as mulheres, mas também para os velhos. E essa aproximação revelou o que seria o desânimo total. O padrinho não era a excepção, a menina da fila do outro lado, muito menos. E agora?

Vinte e tal anos levo eu aqui e nunca vi este lugar de morte tão cheio de vida. Vejo o excelentíssimo senhor Governador da província regressar da viagem que ele tinha feito até à vila. Ele tinha-se ausentado discretamente e eu pensei que regressava para retomar as suas funções, mas eis que agora regressa, em menos de dois dias, à falésia com toda a província junta. Traz dois serventes, dois guardas e uma comitiva de braçais que luzem em seus suores como cascata de negros. O palácio vem completo. Em cima da mula do Estado está uma secretária montada com os pés de fora, em cima da secretária está um pisa-papéis com cabeça de galo, ao lado da cabeça de galo empena-se uma caneta de tinta permanente ladeada por um lapiseiro, uma pena, um mata-borrão, uma bandeirinha portuguesa de azulejo, uma barra de lacre, duas folhas de papel almaço, uma pilha de papéis de segunda via, um maço de papel químico, uma lupa e um artefacto desconhecido que parece uma extensão do olho, uma espécie de globo ocular que sai da órbita por um tubo, não é nem um binóculo, nem um monóculo, tem três pernas e acho que se fosse bicho seria um híbrido de girafa com camaleão, a secretária balouça como se viesse montada num giroscópio, tudo dança mas nada sai do lugar, nada desliza, nada cai, as gavetas abrem e fecham com o coxear da mula, nenhuma gaveta apanha a outra, nenhuma adivinha o compasso das outras, nenhuma consegue sincronizar-se com a outra. A mula arria. Dois serventes de sotainas brancas avançam, mostram uma bandeira dobrada e um serviço de chá oficial.

Os guardas do Governador carregam um armário que é guarda-fato e arquivo, e o resto da comitiva traz aguardente, vinho, toucinho, funcho, amêndoas, castanhas, figos, avelãs, ervas, mas também adornos em miniaturas, cavalos que voam, generais invencíveis, livro de condolências, abanico, divisas para promoções futuras, rabo de bacalhau e vários objectos incómodos de se transportar, como pára-raios, bacio, lavatório, espelho, clisteres, cabides, esporas, selas de veludo.

Segue um batalhão de pajens e, por mais que entrem, não acabam de entrar. O Governador já está sentado no seu despacho diante da mula, limpa o suor enquanto recebe o relatório de tudo o que eu disse na sua ausência, consente com a cabeça e o bigode, olha-me com satisfação e com uma languidez de quem terá tomado a decisão certa da sua vida. Sorri e cumprimenta-me:

— Ora viva, senhor condenado.

— Já percebi tudo, Excelência,
   digo-lhe.

Noto que, apesar do jogo e do aparato da chegada do Governador, nada desviou a atenção à história do Língua. Toda essa movimentação se fez no mais admirável e culto silêncio da falésia. É que, passados vinte e seis anos, a linguagem dos signos, símbolos e gestos tornou-se tão desenvolvida neste lugar que a palavra virou única e exclusivamente palavra do condenado. É só minha toda a palavra havida e por haver, ninguém pronuncia uma única sílaba um para o outro. Os habitantes comunicam-se com uma esbelteza e uma perícia só vistas aqui. E não é porque perderam a palavra, mas porque a comunicação ganhou, inesperadamente, uma dimensão outrora desconhecida. É como se todos tivessem entendido por instinto que, para dar a palavra à palavra, quietude é precisa.

Este lugar é uma calmaria. O inacreditável é que começou sendo o destino para um homem só e, hoje, já posso dizer que é uma província, porque o Governador e seu gabinete acabaram de mudar para cá.

Vejo os transeuntes que circulam como se viajassem de um país a outro, os trabalhadores que parecem formigas, os ociosos e as crianças que parecem catadores de histórias, e sinto uma paz em vida que só os mortos têm. O diálogo aqui é o ambiente mais lindo jamais visto na face da Terra: as pessoas falam e tudo o que se vê é uma multitudinária dança indo-japonesa-arabo-andaluza. É um trocolar de dedos, um virar de pulsos, uma mostragem de palmas, umas contorções de mãos. E estão simplesmente a dizer tudo. Não é uma convenção de surdos-mudos, é uma coisa nova, aqui não há palavras truncas, nem som engasgado, nem pronúncia fantasma, aqui há uma fala de outra índole, uma elocução muito mais evoluída, porque o silêncio desta nova língua nasceu para que todo o mundo pudesse conversar sem dependência de quem tem a palavra. E tudo flui como palavras escritas no ar. As pessoas não se interrompem, não se atropelam, pedem licença, dizem: Deixa-me passar, por favor, apenas com um saracoteio leve de ancas, depois agradecem com uma simples vénia. É assim por toda a parte: dá-se gargalhadas com as sobrancelhas, exclama-se com os ombros e os calcanhares, chora-se com os lábios inferiores, seduz-se com um tique de pestana e aplaude-se com as unhas. E isto acontece até com os animais domésticos que nasceram aqui na falésia. Os cães aprenderam com os humanos e, para ladrarem e guardarem o portão, só mexem o rabo e as orelhas; as cabras berram com os joelhos tensos para cima, as vacas mugem com as tetas. No mundo da natureza morta também há engenhosos artifícios: tudo o que faz barulho na cozinha está acortiçado, as portas que rangiam agora têm os ferrolhos e as dobradiças gementes a verter azeite pelos cotovelos. O Governador governa com uma luva branca, e a luva estira-se no chão como um bebé de coelho e às vezes voa como uma colombina nupcial. Quando a autoridade é chamada a dirimir questões, já temos aqui juízes de toga e cabeleira a espancar o maceto num prato com água para ditar a sentença.

A história é uma espécie de ancestral matéria fundadora deste lugar. A arte de ouvir é a nossa identidade primária. O Outro é a nossa costela adamantina.

— Os domingos continuavam a crescer. Havia algo de libertário nesse dia de semana sem feira no nome, mas, paradoxalmente, único dia de feira para os escravos. Vendia-se e comprava-se de tudo, aquilo que preço tinha e aquilo que desprezo era. As mulheres se enfeitavam para alegrar os homens, enchiam-se de brincos e argolas, de cores e de cheiros, e andavam como se carregassem um pêndulo na coxa. Domingo era também dia de sedução. As argolas carregavam um símbolo, queriam dizer que outra argola era aguardada para encadearem e fazerem o laço. E isso era tão sagrado como o acto mais divino, pois, para uma mulher que era besta de segunda a sábado, ser vista como musa num dia de sol era um sonho e um dever. E o Língua saiu decidido a tentar. Tudo estava a seu favor e ele sabia que se perdesse um dia, tudo estava perdido. Os dois assuntos que tinha para tratar com a menina já se tornaram um só. Consequentemente, os dois reservados para o padrinho também se tornaram um só. E mais: muitas coisas tinham mudado. Agora tinha de falar da menina ao padrinho e falar do padrinho à menina. Só assim o plano podia dar certo.

Foi a viagem mais longa de que ele teve memória. Da porta do aposento ao terreiro do barracão: o coração corria, o pé não andava, estava clarividente, mas cego, tinha frio no estômago e suava pelas axilas, ouvia vozes e estava surdo. Passou diante da porta número um, da porta dois, da três, chegou à casa seis, estranho como um forasteiro, sem lembranças de ter dito bom dia a ninguém, tarde demais para o fazer, não dava para voltar atrás, não chamou os colegas, não avisou os amigos, estava contente, mas não sorria, chegou à esquina, virou à esquerda, passou a empena, percebeu que já só lhe faltavam seis ou sete passos, que depois da empena ia estar aos olhos de toda a gente, sabia que vinha diferente, que todos iam notar, cruzou a barraca, sentiu falta de ar, mas não podia parar, nem encostar-se, nada havia para se encostar, não podia desfalecer, porque o assunto que o levava era de macho, chegou ao terreiro, olhou à volta, olhou com cuidado e, Santa Bárbara, destrinçou no meio do arraial a menina dos seus olhos. Seja o que Deus quiser, disse, e começou a mexer-se. Que comece a feira, parecia dizer seguro de si.

Que surpresa! Vejo aqui uma pessoa que não é nova, mas parece. Só a vira no meu primeiro dia de condenado, e não mais: o padre. É o nosso único padre. O assunto é delicado, pois eu não me posso calar e missa muda nunca existiu, que eu saiba.

— Bom dia senhor condenado,

diz-me.

— Chiu,

dizem-lhe os fiéis.

O padre está incrédulo. Olha desconfiado ao redor e fica na dúvida: alguém mandou calar um padre?, isso nem no inferno. Que mundo é este local? Antes, era no fim da palavra do padre que se dizia amém. Agora, antes que o pobre homem de Deus abra a boca, chiu.

Ele dá meia volta e vai-se embora. Não, não foi. Vejo-o regressar e eis que vem acompanhado de um séquito de sacristões, todos carregados dos mais distintos salamaleques de funções: o turíbulo, o genuflexório, o crucifixo, o cálice, a píxide, a pátena, a alva do primeiro diácono, o pálio, o amicto e a estola. Trazem ainda à vista o pluvial, a casula e a sobrepeliz. Desaforadamente, parece vingança, o padre manda armar o altar diante de mim.

Os fiéis da falésia levantam-se, benzem-se, rebuscam seus rosários, seus terços, seus crucifixos, passam o polegar pela testa em sinal da santa cruz livre-nos Deus Nossenhor dos nossos inimigos e livrai-nos do mal, amém, tudo isso rezado no mais puro e recatado labiar. O que será isto?, pergunto-me, uma missa de corpo presente?, uma extrema-unção? O padre continua os seus preparativos, recebe das mãos do sacristão o turíbulo, esparge o incenso e começa com os homens e as mulheres da falésia a cantar em silêncio. Nada a que este povo já não esteja habituado, mas arrepia. Santo Deus, agora é que me surpreenderam. Vejo uma multidão a chegar para a missa. E trazem todos os seus rurais indexados: vejo uma burrica com duas gucas de água, uma vaca cheia de brincos pronta a ser ordenhada, dois cabritos pendentes de um ombro, um saco de patos reconhecível à distância, várias canastras de ovos, diversas cestas de frutas e um mercado de utensílios e farturas. Agora entendo. Essa tradição vilareja de feirar aos domingos vem dos barracões. Talvez por isso o termo pelourinho para designar mercado.

E vejo chegar, por fim, aqueles que sempre faltam para que, definitivamente, um ermo se transforme num emergente lugar. Cá estão eles, os mercaderes e os usurários, os mesmos de sempre de todos os domingos de sempre.

A missa acabou, agora começa a feira.

— A troca nos barracões tinha contornos que ultrapassavam o câmbio. Tanto os homens como as mulheres sabiam que ser parceira ou pretendente implicava para um escravo ter algum recurso escondido. Como o escravo não tinha escravos, o bem podia ser uma pulseira de prata, um anel de ouro, um fetiche de bronze, um amuleto de cobre, uma peça de tecido, uma base de pó-de-arroz, um pomo de talco, um sabão de Provença, enfim, coisas essenciais para o amor quando o amor é dá-cá-toma-lá na urgência dos domingos. Todos sabiam o código, aqueles que não o quisessem decifrar guardavam o seu amor para um tempo que ninguém sabia se viria, embora nele todos tivessem esperança.

O Língua já sabia de cor a ordem das chegadas dos feirantes. O primeiro a entrar era o vendedor de lotarias, ou o vencedor de lotarias, como lhe chamavam. Vendia os bilhetes por um preço muito superior ao real e, ainda por cima, vendia só o número e guardava o bilhete e, sempre que uma fracção da sua comarca saísse sorteada, o vendedor de lotarias desaparecia com o bilhete premiado e nunca mais era visto. Tempos depois, outro vendedor chegava, desancava na mãe do primeiro, prometia justiça e fortuna, pegava no primeiro número ganhador e desaparecia também. E assim sucessivamente. O importante era que o negócio não parasse.

O escravo, esse, não tinha nada a perder, pois jogava diariamente à lotaria, à alforria.

Quase todas as famílias escravas tinham as suas criações de animais. Os camponeses compravam umas cabeças à consignação e iam-se embora felizes. Os escravos recomeçavam a sua economia para o próximo encontro. Era assim todos os domingos e todos os anos. Parecia uma herança genética. Havia séculos e décadas que as coisas se repetiam mais ou menos do mesmo modo e havia séculos e décadas que o negócio persistia do mesmo jeito. Os escravos apostavam na vantagem sempre. Os escravos pensavam assim: para quem tudo perdeu, arriscar é uma margem de ganhar, não arriscar é indulgência. Claro que há gente malfeitora, pensavam, mas também as há honestas dos dois lados do produto. Havia camponeses justos que nunca quiseram entrar no negócio das consignações. Iam com as suas vacas à feira, vendiam o leite a quatro centavos a garrafa de três quartos, os escravos compravam sem regatear e todos se davam por satisfeitos. Pois aquela vaca, provavelmente, era uma das vendidas à consignação a um esperto qualquer, que a revendera ao pobre camponês que agora vendia leite ao escravo. E porque é que os escravos não tinham leite? A contabilidade do escravo era de um rigor científico, isto é: leite de cabra era para o queijo, a cabra era para a venda, a venda era para a subsistência, a subsistência era para a esperança, a esperança era poder comprar a liberdade. Esse era o plano. Contudo, o leite era logo bebido pelo mais pequeno da família porque apareceu-lhe uma icterícia, o queijo era comido, a cabra virava carne seca para o sustento. Então, havia que refundar o sistema financeiro. Criar leitões, vender os porcos para se tentar comprar uma nova cabra destinada a ser vaca que nunca seria. Entretanto, com o dinheiro dos porcos vendidos não se comprou cabra nenhuma, mas sim o leite para o pequenote, e voltava tudo à receita zero de não se ter nada. No fundo, a culpa era do leite.

— O Língua dançou, dançou, foi-se aproximando e, num passo, já estava ao lado da menina da fila do outro lado. Havia outros rapazes e todos queriam estar perto dela. O Língua foi marcando o seu território, sempre atento ao gesto dos demais. Todos dançavam, mas era só perto mesmo. O máximo permitido era ficar de frente com ela, e o máximo que podia acontecer era quatro olhos se cruzarem. No calor da dança, no meio da multidão que eram os intrusos, no escasso tempo que dura um olhar, lá aconteceu. Qual flecha, qual coisa que se diga raio fulminante. O Língua e a menina ficaram empedrados. Não deu para esconder e o baile acabou. Felizmente, acabou em paz e na dúvida.

E tudo clareou. E tudo ficou absurdamente confuso, como era de esperar. Ficou claro que ele a amava. Ficou confuso se o tal primeiro sentimento, o mistério, ainda era válido. Foi por isso que, ao chegar à sua divisória, a primeira coisa que fez foi ir contar as suas moedas. Ele tinha ajudado o padrinho nos trabalhos no hortentote, a nesga de terra que quase todos os escravos usucapiavam no cultivo de algumas hortaliças, e tinha amealhado algum. Vendia abóbora, batata-doce, quiabo, milho, feijão-pedra, fava, mandioca e mancarra. Era o que os mercaderes vinham comprar para depois venderem a preço de ouro nas vilas e ganharem dez a vinte vezes mais. Depois diziam: os escravos são pessoas muito honestas e vendem bem seus produtos. O pior é que assim era, isto é, os escravos julgavam que vendiam bem os seus produtos. Mas como é que podiam prosperar se muitos deles não conheciam as moedas, se as moedas mudavam todos os dias de nome, de cara e de coroa? Quantas vezes não foram os escravos pagar algo com uma moeda e essa já não era a corrente? Quantas vezes não foram pagar com duas moedas e a mercadoria já valia o dobro, quantas?

Mas o negócio prosperara tanto que passou a ser feito todos os dias, e não apenas aos domingos e feriados. Impulsionada pelos lucros sempre a subir dentro dos barracões, a ganância fez sair o comércio lá para fora e fez proliferar pelos arredores das plantações toda a espécie de quiosques, tabernas e botequins que o mundo conhecia. Transacionavam de tudo, de sebo a anéis banhados em ouro. E foi então que os escravos foram ensinados a traficar. Os taberneiros, alguns desafortunados portugueses e espanhóis aposentados com meio tostão de reforma, foram os mestres do ludíbrio: Vamos trocar aguardente por carne fumada, propuseram. E os escravos descobriram o álcool à mão de semear. E aquilo que já era o fim reinventou o seu recomeço perpétuo.

Quem acha na cachaça o travesseiro para as suas mágoas também procura um regaço para as suas alegrias voláteis. Não tardou, as tabernas converteram-se em espécie de bordéis de desamparados. Os bêbados ficavam combalidos em cima dos sacos amontoados que serviam de assentos, não viam os obstáculos, nem a parede, nem os degraus, não conseguiam destrinçar visões de anseios contidos da realidade, chamavam Faustina à primeira sombra que lhes passeasse pela frente e, como eram maioritariamente homens, a briga passou a fazer parte do empreendimento. Os escravos mais jovens e os viúvos foram os primeiros a conhecer o inferno da bebida.

Os chefes de família não ficaram de fora: trocavam os seus produtos por macarrão, bolachas de água e sal e uns bombons grandes como feijões, feitos de farinhas coloridas, pastilhas de mentol e umas figurinhas que colavam no céu-da-boca e exalavam um cheiro fresco de erva-cidreira.

E essa troca desigual precisou de um malabarismo fatal para garantir o sucesso. Apareceu um outro modo de fazer negócio dentro do negócio. Isto é, quando o escravo já não tinha mais dinheiro, não acabava, porém, o dinheiro. Na verdade, o comércio já não se baseava apenas na troca, mas também nobelmente no crédito. O escravo podia haver o que quisesse sem precisar de ter dinheiro. O consumo era anotado numas cadernetas e o adquirir sem pagar de imediato ganhou a semelhança com o gratuito. A ilusão virou um pesadelo.

E foi o Língua que deu o alerta: os patrões estavam a praticar deliberadamente algumas operações fraudulentas nas cadernetas dos escravos: punham números que se acumulavam e se multiplicavam, cometiam expressamente faltas na ortografia, escreviam sal com cedilha, *çal* que virava *cal* na hora do pago, porque a cal era dez vezes mais cara do que o sal. Também erravam fingidamente nas medidas, escrevendo $\frac{1}{4}$ de sopapos de água e sal, $\frac{1}{4}$ de sopapos que virava 14 bolachas na hora do acerto. Grafavam deliberadamente espaços entre as letras, escrevendo dois lenços de algodão, lenços que viravam lençóis na hora da aferição. Enfim. Mas quem eram os escravos para discutir o que não sabiam ler? Por mais honestidade e boa-fé que pudesse haver, na verdade não havia modos de se desembaraçarem de suas dívidas pagando com os coentros e as ervas lá do hortentote. E, se reclamassem, veriam seu crédito cortado.

O Língua chegou mesmo a dizer que nunca mais voltaria às tabernas para ajudar o padrinho a conferir os números. Porquê?, quis saber o padrinho. E o Língua contestou que as tabernas tinham um cheiro enjoativo. O padrinho olhou-o de través, matutou e engoliu o que tinha para dizer, pois achou que o menino tinha nascido com nariz de fidalgo. Só dois anos mais tarde, quando contou as moedas que recebera dos mercaderes em troca de inhames, toucinho, tomates, chifres e peles, percebeu o que o Língua lhe dissera. Meu filho, tens bom faro, murmurou apenas. E o padrinho nem fazia ideia do quanto o Língua já tinha farejado.

E eu passo de faro para farol, agora olhando para este domingo que míngua. A esta hora, ponho-me sempre a pensar: os homens só avançaram no tempo, mas os seus costumes, os seus pesos e as suas medidas remotas continuam andando com eles, farejando os mais recatados lugares onde possam lucrar, dispostos a vender a alma por três dinheiros, a matar o companheiro em sacrifício ao sinecura, a ir atrás em vez de ir à frente, a valorizar o que não tem valor, a escrever cifrões em vez de cifras. E aqui estão eles, os mesmos, os mesmos que vendiam aos escravos, talvez os mesmos que vendiam os escravos, os mesmos que desapareciam com o bilhete sorteado no loto, os mesmos das salsichas e das mortadelas, dos espelhos e das canecas. Cá estão eles, quem sabe, os mesmos das primeiras caravelas. Nestas terras, à excepção do condenado, todas as profissões são hereditárias. Os meninos podem não ter nascido padres, mas o avô paterno, ou o materno, de certeza o foram. Os actuais não nasceram governadores, mas alguém da família terá sido mais do que isso. É certo que não se geram vendedores de lotaria no útero, mas engendram-se malandros e saltimbancos na madre, pois, lá na cepa, lá na fotografia amarelada, ou no fundo do baú genealógico, há provas de que em cada um de nós há restos de algum pirata francês, de prisioneiros espanhóis, de traficantes árabes, de algum saqueador inglês, de algum bandido português descendente de celtiberos, de romanos cruzados com suevos, visigodos, normandos, mouros e judeus. Basta observar como mercam, como passam o troco, o cruzado, a pataca, como apregoam o pano, a mala, o cinto de cabedal. Parecem saídos de uma babel mercantil.

Aliás, admiro a facilidade com que aprenderam a língua que se fala aqui na falésia. Isto deixa-me convencido de que eles são e serão sempre os mesmos. Vejo como fazem tudo sem pronunciar uma única palavra. Devem estar a dizer para os seus rins: bem haja o condenado, que siga contando histórias esse filho da puta, porque dá lucro; vejo-os a converter o terreiro do fuzilamento num autêntico bazar, a transformar a falésia numa festejanda romaria, vejo como vendem com os cotovelos, como fazem as contas com os dedos dos pés, como contam as notas com a língua debaixo do sovaco enquanto medem o tecido, vejo como dizem sim com um piscar de olho, como dizem não com a cabeça em leque, agradecem como se estivessem a limpar vidraças com a palma da mão. Não me estranha que conheçam os fregueses todos pelos seus verdadeiros nomes. Quando alguém não entende seus toscos sinais, eles explicam com a ganância na ponta da mão. Quando são eles que não entendem os sinais sofisticados dos moradores da falésia, dizem: Não há problema, pagando é que a gente se entende. Essa linguagem usurária já trouxe dimensões absolutamente novas à nossa língua. Eles criaram gestos novos para velhos sinais, sinais novos para convenções anciãs, e vejo como estão, por mérito próprio, a conquistar os seus devidos espaços neste novo mundo. Temos de reconhecer que, das rotas do chá às da seda, os mercaderes são imprescindíveis na expansão da língua. Aliás, foi a rota dos escravos que levou as línguas crioulas aos sete cantos do mundo. E os contributos que estão a prestar ao enriquecimento da língua do povo da falésia são enormes. Há imensas palavras que antes não tinham substituto visual, como os cheiros a camomila, a pimenta rosa, a baunilha, a menta, a lavanda, a naftalina, e que agora são todos marcas como os unguentos e as essências. Várias nominações outrora desconhecidas estão agora ao alcance da mão mais inábil. Os mercaderes desenvolveram um sistema tão elaborado de indicação dos cheiros que nada lhes escapa: um dedo esfregado significa incenso de ópio, dois dedos, fragrância marina, três dedos, papoila, quatro dedos, flor de lírio, cinco, calêndula, punho cerrado, lavanda, etcétera e cheiro. O mesmo acontece com a tabela dos perfumes. Para estes, em vez de dedos, usamos as falanges. Para os sabões e as velas usamos as falanginhas, enquanto para o resto das coisas coloridas e cheirosas usamos as falangetas. Simplesmente, nunca hão de faltar covas ou nós nas mãos para se descrever os cheiros neste lugar. Tanto quanto se sabe, as falanginhas e as falangetas são dez e vão de zero a nove, como os números. Portanto, são potencialmente infinitas em combinação. As falanges, por sua vez, são oito como a rosa-dos-ventos e, portanto, são potencialmente dezasseis, trinta e dois, sessenta e quatro e por aí até ao fractal dos múltiplos de quatro como as mandalas. Isto é precioso para a língua.

Vou pronunciando bolas de sabão enquanto lavo os dentes.

O povo vai me cumprimentando desde as suas divisórias:

Catarina é referida na nossa língua como o topo do nó do dedo médio direito. (Topo do dedo médio esquerdo com o punho erguido é Santa Catarina, não há confusão). A dona Cecília é uma vírgula no ar, uma cedilha. Januário, o mais novo dos praças, é a primeira junta do dorso da mão esquerda. Eu, senhor condenado, sou a barbela sobre o esterno. E assim nos destrinçamos, porque assim fomos e vamos construindo a nossa onomástica. Toda a gente tem um nome na ponta dos dedos e à mão de dizer: os há soberbos e incontornáveis, telúricos e poéticos e até nomes inevitáveis. Por exemplo, o sargento Cabrita é um par de cornos no meio da testa, o lenhador Barba é o queixo enguiçado, o tenente Pio é quatro dedos embicados sobre a barriga do polegar, o zelador Herculano é a mão no rabo, Carvalho é a braguilha assinalada com dois dedos abertos, o indicador e o médio em forma de A. Para chamar o relojoeiro Carvalho, as mulheres, que não gozam da faculdade que a braguilha enverga, fazem um manguito, um sacana, como se diz noutros lugares. Entretanto, usam o mesmo gesto dos dois dedos sobre a púbis para nomear o senhor Pipita, o nosso exímio tocador de violão. Nomes comuns e banais como Pedro, Paulo, José, Maria, João, continuam simples e vulgares na ponta dos dedos. Pedra, pau, carpinteiro do céu, ventre e degolado são os signos, porque Pedro é a pedra da Igreja, Paulo é pau santo, José é sinónimo de carpinteiro, Maria é o bendito ventre e João é aquele cuja cabeça andou numa bandeja, como sabemos. Mas o melhor da nossa língua é quando dizemos Deus. Ninguém aponta para o céu, mas para aquele que está diante dele, o seu interlocutor directo, o homem, o vizinho, o menino, o sonso, o tanso, o manco e, às vezes, até mesmo para os animais e as plantas. Tanto que, aqui na falésia, as expressões *Deus te abençoe* e *Você* significam a mesma coisa. A tal pergunta *O que é isso Santo Deus?* é a mais comum em gesto, porque se confunde diariamente com *O que é que tu achas, ó fulano?* Isto é, aqui Deus e homem são a mesma coisa. Para evitar a confusão, cultiva-se a prática da devoção ao outro.

— Depois do primeiro encontro com a sua menina, o Língua tornou-se fascinado pelo trabalho. Agora, estava também fascinado pelo baralho. A magia das figuras, o mistério dos algarismos, o enigma dos naipes, assemelhavam-lhe ter vida própria. Ele sentia-se tão atirado pelo jogo que já pensava voltar a frequentar as tabernas só para ir jogar. O argumento que apresentou ao padrinho foi este: Temos de fazer entrar em casa aquilo que saiu indevidamente. Estava a referir-se aos trocadilhos dos números nas tabernas, aos vícios da balança, ao encolhimento do metro, aos decilitros com centos de peneira, aos erros de ortografia, tudo isto na hora de vender, porque, na hora de comprar, os mesmos taberneiros preferiam sempre os métodos rudes dos escravos: as pedras pesavam mais do que as couves, nasciam vírgulas nas alfaces, as linguiças soltavam as amarrações, tudo para permitir o eterno desequilíbrio das contas. Mas o padrinho não aceitou: Jogo não, disse. Assiste à beleza dos jogos sem praticá-los, porque, na ânsia de termos aquilo que desejamos, às vezes, acabamos por atrair aquilo que não queremos.

E foi então que tudo se baralhou e tudo se clarificou. Conversa de poial já não haveria, conversas de amor, onde calhasse. E o Língua disse sem titubear: Queria jogar para comprar um par de sapatos à menina descalça da fila do outro lado. Que menina?, indagou o padrinho. Uma que me olhou com olhos de mel no dia em que o contramestre me deu o embrulho. Dancei com ela e ela olhou-me nos olhos. Eu estava para contar ao padrinho. E o padrinho olhou para o céu e depois para o chão. Com o silêncio valorizou a confiança do segredo, com o silêncio retribuiu o bem guardado que o mesmo estava.

— Senhor condenado, vamos construir-lhe um palco, para que todos, pequenos e grandes, o vejamos por igual, diz-me o Governador.

Juro que nunca pensei nisso, mas o nosso carpinteiro já está a medir, a traçar, a riscar, a esconder o lápis atrás da orelha, como se fosse arquitectar o ar. Estou admirado com os engenhos de carpintaria: martelos de borracha e pregos com cabeça de alcatrão, madeiras silenciosas que nem as portas do céu, tábuas untadas com banha, serras usadas dentro de água, plainas que deslizam sobre lágrimas de velas, tudo para não fazer o mínimo barulhinho.

Concentrado na minha função, nem percebi a azáfama de hoje. Mas o palanque está a ser inaugurado. Ouvem-se as botas do Governador a subir as escadas. O Governador pede desculpas e já está descalço. Paira no ar um chulé que tem toda a gente a rir de narinas tapadas. Também tenho cá uma vontade de rir que me arrebento. Mas alguém já viu um condenado à morte de gargalhadas?

Ele começa a discursar:

— Senhoras e senhores, senhor comandante militar, senhor padre, meus amigos, senhor condenado...

(Tudo isso foi dito com dois braços abertos para a frente, duas mãos sobre o peito e a barbela sobre o esterno).

— ...o senhor condenado merece o gesto que acabamos de ter.

Os presentes, grandes e pequenos, respondem com uma ovação de polegares e pedem-me para montar na armação. Mudo-me para o palco. Agora estou mais alto. Bem, mais alto é uma forma de dizer. Estou nas alturas, mas, atenção, nem por isso menos mortal, deixem-me corrigir a minha vaidade.

O Governador desce e faz uns gestos que não compreendo. Vem ter comigo o Juvêncio Barbeiro. Está de tesoura em mão, clash, clash, clash, vai mandar-me a melena toda abaixo, neste caso toda acima até ao toutiço, porque não me tosquiava desde cá cheguei e as pontas da cabeleira davam-me pela fossa poplítea, na curva detrás dos joelhos, como aqui dizemos. Clash, clash, clash, passa para o lado da frente e clash, clash, clash sobe-me a barba do umbigo até à garganta.

— Missão cumprida,

diz e desce.

O Comandante faz um sinal e o alfaiate Manel vem a correr para o meu palco: zás mede-me aos palmos, zás confirma a medição com os dedos, zás abraça-me pela cintura, cócegas, ha ha ha.

— Missão cumprida.

O Comandante volta a castanholar os dedos. Surpreendem-me dois homens, o sapateiro e o chapeleiro. Agacham-se, palmilham-me os pés, espreitam-me o cocuruto e a nuca e descem. Vejo como é fácil fazer um homem novo por fora.

Está todo o mundo hirto a olhar para mim de uma maneira pouco habitual. Não sei o que se passa. Vejo alguém acotovelar o próximo, como a dizer: presta atenção, cidadão, presta atenção. Mistério.

— Quem quebra a pacatez? Mas quem quebra a pacatez?, parecia dizer o primeiro tambor, o cajá. Portanto, domingo anunciado. O Língua passou a noite em claro a contar os galos.

Os primeiros pares saíram para a dança e entraram os outros dois tambores chamados mula e cachimbo. Estes pareciam dialogar entre si: toca tu, a ti te toca, toca tu, a ti te toca. Com os escravos já o corredor se formava então ao ritmo contagiante dos três tambores: quem quebra a pacatez toca tu a ti te toca, quem quebra a pacatez toca tu a ti te toca. O Língua levantou-se e começou a preparar-se. Este domingo é diferente de todos os outros, porque há um segredo partilhado. Há três pessoas ligadas nesta hora por um mesmo pensar. E todos questionavam: O que vai acontecer?

Apenas a uma ordem obedeciam os negros aos domingos, a dos tambores. Apenas a um ritual obedeciam, o da água: o banho era muito mais do que uma sessão de limpeza, era uma purificação. Isto do lado do espírito, porque do lado do corpo era muito mais do que purificação, era a ocasião em que uma fêmea escrava seguia de esguelha um macho escravo até à ribeira. Uma vez ali, fingiam que se encontravam casual e coincidentemente na mesma hora e no mesmo lugar do banho sem qualquer combinação prévia, olhavam-se de soslaio, como dizendo, bem, já que fomos apanhados pelo acaso, pelo destino e pelo querer, só nos resta obedecer: comecemos aqui o nosso baile. E a dança do acasalamento se iniciava à beira da água: a fêmea rondava, olhava ao redor, fitava tudo menos o seu macho, arrancava as ervas, fazia covas no chão com o dedo gordo do pé, levava um pedaço de capim à boca, mordiscava-o, tirava as roupas de trabalho e se fazia à água, sagaz como uma gazela que vai beber. Entretanto, o macho, que de nada sabia e nunca soube, como quem não quer a coisa fingia separar a água da água. A seguir, sem palavras nem preconceitos, os dois corpos desconhecidos se embrenhavam numa dança combinadíssima e a água se transformava simplesmente em marés: subia e baixava com os movimentos.

Na falésia, os meninos fingem que já não me estão a ouvir, aliás, que nunca me ouviram e que ali estiveram e estão a catar as formigas do chão, a apreciar a lua. Hm hm, fazem com a garganta. Olham-me por debaixo do chapéu, coçam a nuca, distraem-se, mas não se afastam nem um milímetro, não perdem pitada do que sabem que ainda tenho para contar. Tanto quanto sei que esses meninos sabem, nenhum deles crê em cegonhas, embora acreditem na história da cegonha. Aqui aprendemos que o importante numa história é a história, não importa que seja verdade ou mentira, ou ambas. Portanto, o que os negros fazem na água é lá com eles.

— O pudor não era uma farsa, era uma codificação. A dança da água, por exemplo, não era permitida às crianças. O Língua tinha permissão para procurar a sua menina da fila do outro lado, mas longe da ribeira. A menina podia ir à ribeira, mas junta com outras meninas acompanhadas de uma mulher. Mas, no caso dos dois, a regra foi respeitada até o dia em que um arrepio fulgurante lhes transiu a espinha ao cruzarem-se no corredor. Sentiram que perderam a inocência. Isso sente-se. É uma estranha sensação de chuva no ventre. Chame-se brio, cio ou fogo. Ninguém lhes dissera, ninguém lhes ensinara, mas algo tinha nascido nos seus corações.

A sabedoria do corpo é um bom ponto de acesso às dimensões ocultas da vida; é totalmente invisível, mas inegável. Muitos acreditam que a consciência se origina unicamente no cérebro. Isso porque desconhecem a inteligência do coração. Os mais antigos diziam que o coração é um órgão sensorial sofisticado para receber e processar informações. Ele aprende, recorda e toma decisões, independentemente do córtex cerebral. Ele gera a mais poderosa e extensa energia do corpo, sessenta vezes maior em amplitude, comparado com o cérebro, e penetra em todas as células do corpo. O magnetismo do coração é cinco mil vezes mais forte do que o do cérebro e pode ser detectado a vários metros de distância do corpo.

(E por falar nisso... apalpo o meu que, mesmo ante um pelotão de fuzilamento, nunca fraquejou.)

— O corredor dos barracões encheu-se de movimentos de machos ciosos e de fêmeas luzidias. O Língua e a menina da fila do outro lado, perdidos na inocência perdida, pareciam dançar comandados por uma música sanguínea. E dançaram: quatro pés, dois sapatos novos, mas todos os passos de todos os homens e mulheres do mundo, este mundo que sem homem e mulher seria uma rocha no espaço. Viravolteavam como dois pássaros reencontrados, a qualquer momento podiam voar de tanto sacudir os braços e o peito, de tanto que saltitavam com as mãos sobre as ancas, de tanto que se esqueceram de todas as penas, dos apesar dos pesares, dançavam. Os escravos cantavam com frenesim e esquecimento. Já estavam no fundo dos seus transes e sabiam que o dia ia durar um século até ao amanhecer. Quatro olhos de novo se viram. Quatro lábios também, ainda na idade de sorrir, se abriram.

— Aos domingos, enquanto os dotados dançavam, os inaptos e os torpes dedicavam-se a tosquiar-se uns aos outros. Esculpiam à base de tesoura grandes ninhos, bolbos, gorros e choupas em suas cabeças. Isso no caso dos homens. As mulheres olhavam-se ao espelho e diziam: Não gosto deste penteado. Desmanchavam o cabelo, desgrenhavam as jubas e ficavam com a cabeça como um melão de Castela. Havia nos barracões muito mais mulheres do que homens, o que as obrigava a criatividades excêntricas para atrair a atenção. A menina da fila do outro lado estava também a pentear-se, a branquear os dentes com lianas, a imitar as adultas, a pendurar argolas nas orelhas, a enrolar um lenço vermelho no pescoço, a dar a cada dedo o seu respectivo anel.

O amor já tinha plantado sua semente.

O Língua, feliz e confiante, entendeu contar mais meandros desse sentimento ao padrinho, pois sobre o primeiro não falaria, até porque o dilema agora era com o amor. O padrinho voltou a fazer aquele gesto de olhar para o céu e depois para o chão. O padrinho encarou-o sobriamente e disse-lhe: Come com a tua colher, meu afilhado.

E o assunto ficou ali arrumado entre homens.

O Língua murchou e durante vários dias só pronunciava: Vou morrer, vou morrer. Aquela resposta do padrinho, come com a tua colher, foi arrasador, sobretudo pelo seu enigma.

Certo dia, entretido com a própria dor, aproximou--se inesperadamente um escravinho que lhe disse: sei o que tens, Língua. Eu? Canseira, respondeu o Língua. Não, replicou o outro, o que tu tens é dor de mulher na barriga de homem, eu também já sofri disso e meu tio foi quem me curou. O Língua ficou calado e com um ar desconfiado. Mas olha, prosseguiu o outro, se queres que essa menina fique para sempre colada a ti, traz-me um pedaço de toucinho, sete folhas de tabaco, meio litro de aguardente, uma galinha preta, duas pitadas de sal, e vais ver. Meu tio vai dar cá um tratamento à rapariga que ela virá mansinha assim, tintin por tintin, como galinha--do-mato. O Língua matutou, esfregou a cabeça e disse: Vou pensar. Levou a proposta ao seu padrinho. Como?, perguntou-lhe o padrinho, um pedaço de toucinho, sete folhas de tabaco, meio litro de aguardente, uma galinha preta, duas pitadas de sal? Vem cá, meu filho, somos todos negros, mas vou te ensinar uma coisa: os negros têm matizes e feitiçaria é coisa dos congos, feitiçaria não é coisa com que se brinca. O que vês por ali, negros dançando e saltando, não é nem fumo daquilo de que os negros são verdadeiramente capazes. Os congos divertem-se olhando para o sábado desde uma terça-feira, mandam recados a crianças que ainda nem estão geradas e as crianças respondem-lhes com nomes e apelidos. Os congos são de um mundo antigo que está sempre de passagem para um outro mundo, eles sabem de ontem e de amanhã com a mesma acuidade, morrem de véspera e podem até nascer com cem anos de adianto, ou nove dias depois do registo, ou sete semanas após o baptismo. Alguns até já se casaram antes de nascer e tiveram filhos que vieram a ser seus ascendentes. Já ouviste falar na história dos chicherekus, uns congos anões e cabeçudos que aparecem e desaparecem pelos barracões como borboletas, saltam para cima das costas dos escravos e fazem diabos e sapatos? O Língua respondeu: Sim. E o padrinho ficou estupefacto. Onde, quando? E o Língua contestou: Um dia vi um sabichão que expelia uns chilreios e se convertia em coruja. Passou pelo portão fechado, corria aos saltos como os marsupiais e comia filetes de ar que ele ia fazendo com as suas mãos de ventosas. Hm, desconfiou o padrinho, a sério? Sim, assentiu o Língua, as pessoas escondiam-se porque aquele era o diabo em pessoa, diziam que aquele chichereku se mancomunava com os mortos e com o maiombe e roubava a alma das crianças.

Na verdade, contar histórias de feitiçaria era uma tradição entre os adolescentes. Contavam de sapatos que andavam sozinhos e chapéus que se endireitavam simpáticos à sombra dos embondeiros. Isso no mundo de lá, porque no de cá contavam que mesmo dentre os que dançavam no corredor dos barracões havia quem preparasse possantes e obedientes ngangas, manuseasse caçarolas que mudavam de lugar e de cor, enguiços que incendiavam o quintal e esbaforiam as alimárias. Havia negros congos que dormiam na sala dos patrões como lareiras, chamuscavam o tecto como relâmpagos e faiscavam no parapeito como fagulhas, tudo isso na mesma hora e em simultâneo em vários sítios, porque os ngangas eram capazes de falar até mesmo com o sol, o sol que é, desde a noite dos tempos, a pessoa mais importante deste mundo de Deus, diziam.

Os congos eram conhecidos por atarantar pessoas lá no seu caminho se por esse caminho se atravessasse o desejo de um congo. Se quisessem desaparecer alguém, eles apanhavam um bocado de terra recém-pisada pela pessoa, entregavam a terra à caçarola e, pronto, era uma vez. A pessoa caçarolada começava a definhar que nem uma vela em coto e, ao terceiro dia, já era do outro mundo e sem dia de regressar.

Mas os congos não eram os únicos feiticeiros. Havia os lucumis, aqueles escravos que tratavam os deuses e os santos por tu. Os lucumis usavam como conselheiros uns bonitos e enrolados caracóis de África, conchas que têm todo o mistério da vida no seu interior. Os lucumis tiravam o mal do corpo só com cânticos, amainavam a dor do parto com uma dança dos ombros, conversavam com madeiras e estátuas de madeira e estas respondiam sem mexer os lábios. Os lucumis falavam com as pedras e com os ferros e estes escutavam caladinhos e obedeciam sisudos. Os lucumis eram homens que fabricavam deuses, escreviam sinais nas paredes com carvão de lenha e giz branco para os espíritos lerem e levarem as deprecadas às divindades.

E o padrinho alertou-o: Os congos não aturam os lucumis e os lucumis não toleram os congos, isso para veres como são as coisas da vida, para perceberes que aqui não há confidências, os congos e os lucumis pintam-se mutuamente de satanás, mas também há congos contra congos, lucumis contra lucumis, congos judeus contra congos cristãos, congos desavindos e silvestres que preferem ter um lucumi como companheiro a estar mal acompanhado por outro congo. Percebes? Distingue-os, meu filho, disse o padrinho ao Língua, distingue-os porque eles se distinguem. Os lucumis acham os congos mais pretos do que a fuligem, os congos acham os lucumis uns pretos deslavados, porque é entre os lucumis que há mais mestiços, entendes?

Os congos são mais baixinhos, os mandingas são azevichados, grandes e fortes, os gangas são pequenotes e bravos e com o rosto cheio de cicatrizes, os carabalis são como os congos, mas mais audazes e melhores traficantes.

O Língua percebeu que a essência daquele sermão ultrapassava uma simples dissertação sobre a gama de pretos. Os velhos escravos falavam assim, só com parábolas.

E o padrinho continuou: certa vez, apareceu uma espanhola na plantação a gabar-se de ter dotes de soprano, mas queixava-se de estar farta de ouvir da boca de todo o mundo que ela não tinha nascido para cantar. Aliás, os homens das tabernas diziam-lhe: Vá cantar para o cemitério, ó desdentada. Mas mulher decidida é pedra, nunca se amoleceu, nunca se calou, era cantora e se não era ia sê-la para desafiar os invejosos e os duros de ouvido. E foi então que ela decidiu consultar um velho adivinho e antigo escravo. Foi vê-lo e disse-lhe logo na primeira visita: Preto Velho, o meu sonho é ser cantora, como nas óperas de Heidegger, Handel, Rossini, Verdi, Wagner, mas eu sei que aqui neste fim do mundo não há teatros. Quero, pelo menos, cantar na missa, emprestar a minha voz aos oratórios de Cromwell, Bach, Vivaldi, Scarlatti. E ela dizia aqueles nomes todos, meu filho, como para dizer em outras palavras: Eu conheço o meu *métier*, o povo é que é ignorante, tanto os negros alforriados, que são tão brutos como os escravos, como os brancos, que são todos uns catadores de caracóis lá pelos macaréus do Tejo. Pois, dizia isso mesmo nas tabernas. O adivinho ouviu tudo e disse: Hm. Mas a cantora insistiu: Quero saber do meu futuro brilhante, de flores e louvores, de aplausos da plateia, das aleluias nas catedrais, essas coisas. E o velho, plácido e profundo, fez outra vez hm! e disse: Cantar é liberdade, minha filha, toda a gente canta e deve e pode cantar como os pássaros na selva, não te preocupes, minha filha, cante. Mas a portuguesa, ou lá o que era, não ficou satisfeita e gritou: Não quero ditames, quero saber do futuro, se vou ser rica, famosa, idolatrada, etcétera. E levou a mão aos seios, tirou uma moeda cintilante e mostrou ao velho. Fala, ordenou-lhe. O velho, com a mesma respiração de gaita de fole de sempre, olhou para a espanhola, ou portuguesa, e perguntou-lhe: A senhora tem filhos? Bem, para quê contar mais? Foi o fim do mundo. Ela arremangou a blusa, escondeu a moeda entre as mamas caídas e gritou: Quer o senhor induzir com a sua pergunta que os meus filhos morrerão à fome se eu escolher como profissão o belcanto, negro de mierda? O velho, sem se mexer nem se alterar, esclareceu a senhora com toda a parcimónia e justeza deste mundo: Eu não disse isso, minha senhora, eu não disse que seus filhos morrerão de fome se a senhora escolher a cantiga como trabalho, mas, sabe, nós os velhos temos vivido e visto muita coisa, eu já vi muitos, mas muitos inocentes morrerem secos de vontade de comer.

Quando soou a Avé Maria da segunda-feira, os escravos estavam todos mortos, mais do que mortos, zombies, carcaças e restos de gente que sucumbiu, não ao trabalho mas à festa. Nessa hora, podias mandar alguém à mãe e todos haveriam de fingir que não ouviram, ou que nunca tiveram mães. Aliás, coisa que em tempos se chegou a pensar na Europa: que os africanos não tinham mães, que nasciam das rachas das pedras como musgos. Podia haver excepções, como aqueles dois africanos que foram imperadores em Roma e os quatro que foram papas no Vaticano.

Mas, para converter-se em besta de trabalho, ao escravo bastava o primeiro raio de sol e um corpo que se metamorfoseava de larva a mula num segundo. A alternativa não existia. Se existia, eles não a conheciam. Por reflexo condicionado, quando a chamada era feita na segunda--feira de manhã, presente, respondiam todos, e arre, ao campo, dizia o contramestre. Em poucos minutos, desmembravam-se com uma dolorosa genica maquinal, não havia inda máquina. Batiam como se estivessem acabadinhos de nascer para o trabalho. É o que fez o Língua, mas tanto o padrinho como a madrinha perceberam que o brio de trabalhar tinha chegado ao fim. Sinais, porque um escravo nunca espreguiça.

— O trabalho virou como era para toda a gente. O barracão também e um pouco pior: porque amor confinado é uma coisa, amor sem poder ter é outra canção. Chega a doer tanto que a gente pensa que o melhor teria sido nunca ter acontecido. Estar ali, diante dele, olhos nos olhos, lábios para os lábios, um para outro, e não poder ser, é como Deus dar e o homem não poder receber. Os dias de semana ficaram longos e os domingos curtos e torturantes. As pessoas viraram mais do que eram em números, os espaços diminuíram e a prisão se fez. Agora, a pergunta incessante se colocou pela última vez.

Estava o Língua pensativo num canto do barracão, o padrinho foi ter com ele. Fitou-o com os seus olhos nebulosos, mastigou as gengivas e disse-lhe com uma grande ternura: Chegou a hora da verdade, meu filho, tu és um menino acordado, tu vês onde os outros não veem, tu cheiras onde os outros não metem o nariz, tu ouves o que os outros não escutam. Por isso, tu deves saber que tu não és um rapaz de raça, desses que custam saco de moedas na América, tu és um crioulo fraco, menino, portanto, nunca serás seleccionado para cobrires as negras em idade de parir. Come com a tua colher. Mas podes ir plantando uma sementinha, porque os negros têm muita esperança. Toma esta argola e leva à menina que te semeou a doença da paixão. Diz-lhe que é de prata preta. Ponto. Ela saberá o que fazer.

E mais não disse o velho, e mais não questionou o menino. Pois a hora da primeira verdade tinha chegado. Faltavam a segunda e a terceira.

Era a pura verdade. Todos os anos, entre Maio e Setembro, o patrão vinha pessoalmente fazer umas visitas misteriosas ao barracão das mulheres. Começava a revista pelos homens, escolhia os machos, dizia, este, este de talhe taurino, este, este de estatura brava, este de boa dentadura, separava-os, deixava-os escoltados por um dos gorilas, depois dirigia-se para o barracão da frente onde as meninas aguardavam alinhadas, fêmeas de boa carnadura, dizia, esta, esta de pernas como égua, esta de olhos brazinos, esta, e saía. Os escolhidos eram imediatamente separados do resto dos escravos, levados, e passavam a viver em casais nuns quartinhos isolados do barracão. Estão na cobertura, dizia-se. E passados nove, dez, onze meses, mas nunca para além do próximo Março, a besta fêmea tinha de ter dado à luz uma bela cria para o patrão. Concebido e concedido o primeiro varão, tinha a progenitora a ordem de todos os anos obrar mais um fruto para o patrão. Era parir até a ubre enfraquecer. E, se não livrasse como previsto, ou se o primogénito fosse anunciado como primogénita, então teria de voltar ao barracão e ao trabalho do campo, sem marido e de crista caída. Outra fêmea jovem iria suplantá-la e ela era dada como escrava disponível para quem a quisesse. Só então podia escolher livremente o seu homem escravo. Podia isso acontecer também à menina da fila do outro lado. Ainda não, porque só tinha doze anos, mas os anos vinham aí todos os dias, percebeu o Língua.

Hoje a falésia acordou com manias de limpeza. Não estive atento e não sei a causa ou a razão. Mas os gestos estão mais bruscos, os passos mais longos, há um marulhar inédito dos utensílios, noto um bracejar com a caiação dos muros, com o lavar dos toldos, vejo um banhar acelerado de nenés, espalha-se um luzir de pratas pelas cozinhas, um cheiro a baú pelas salas, a naftalina pelos quartos, a ferro de engomar pelas varandas, levita um clima espelhado de carvão aceso pelos parapeitos, um tique de chapéus pelas esquinas, ascende um abotoar de casacos pelos corredores, descende um escovar de sapatos pelas ruas, ouvem-se os cliques das molas, o acasalar dos colchetes, o embainhar das espadas, acertam-se os cabrestos na queixada dos animais, e vejo albardas a serem sacudidas, cântaros a jorrarem água e vinho, pentes esquentados e luzentes, vaselina derretida e brilhante nos cabelos. Vejo ainda um sem fim de sinais frenéticos dizendo: Ó comadre, empresta-me isso, empresta-me aquilo, empresta-me o corpete e o colchete, etcétera. Noto também que no mundo dos maridos há frenesim. Conversam apressados, mandam recados, pedem auxílios: Ó compadre, diz ao compadre que passe por cá, que me venha dar o nó na gravata, ó compadre, tu tens um espigão para eu dar um buraco no cinto? E eu fico intrigado porque, em setenta e cinco anos deste lugar, nunca vi nada parecido, nem na morte do senhor secretário da Câmara, nem no casamento das oito gémeas quarentonas, nem na celebração do vigésimo quinto aniversário do povoamento da falésia, nas ditas bodas de prata do senhor condenado à morte, nem nunca. Pergunto aos meus botões que haverá de ser, porque, com ou sem valentia, não deixo de pensar que este pode ser o furtivo dia do meu adiado fuzilamento.

O Cabo Falinha olha para mim de um jeito severo:

— É hoje,

diz-me.

Quase morro de susto.

— Esses são modos de dar notícias a um condenado?,

pergunto-lhe.

E ele repete o gesto:

— É hoje, senhor condenado.

Um nó catrineta prende-me a respiração na traqueia. Podiam ter-me avisado, caramba. Pelo jeito descontraído com que o fez, até parece que quis dizer: He he, é hoje, é hoje que vamos nos desembaraçar do gajo, he he, e depois cada um para a sua merecida reforma. Enfim, essas coisas que a gente interpreta e imagina quando estamos em maus lençóis. Penitencio-me. Julgar assim o Cabo Falinha é ingratidão. Mas uma coisa é certa: que ele me disse é hoje, disse. Os sinais não enganam.

— É hoje?,

pergunto ao Comandante.

— Sim, senhor condenado, é hoje que chega o ministro do ultramar. Ele já está no porto.

Haha. Que alívio! Mas atenção, quem te diz que o ministro não vem do ultramar com uma contra-ordem real para te limparem o sebo? Pois, se pensares bem, só pode ser esse o motivo para um homem ilustre do reino desembarcar assim nesta terra, sem mais nem menos, sem ter enviado um telegrama, um mensageiro, ou um desses anunciadores de grandes novas que circundam o mundo. A que vem?, porque não escreveu? Se bem que, neste caso, ele teria chegado primeiro do que as cartas, porque correios, telégrafos e telefones neste ermo são quando calha.

Eu já andava desconfiado de que isto havia um dia de chegar ao conhecimento do rei que me mandou fuzilar, casualmente o mesmo que mandou escrever a biografia do Língua. Imagino que o ministro vem para pessoalmente ver a paródia geral em que se tornou uma das suas províncias ultramarinas, para ver o regabofe pátrio que aqui se criou. De certeza: o ministro vem para constatar de viva presença a picapada monumental em que se converteu um efémero e banal fuzilamento. Pois, isso acham eles. E nós aqui tão sem maldade. Olha-nos: o Governador da província está sentado a limpar a tinta das unhas, o comandante do pelotão a catar piolhos ao seu rebento nascido aqui, olha os soldados, as mulheres, as crianças, todos plácidos como neblinas de mar. Claro que ele vai perguntar-nos: Não há mais nada para ser feito neste cu do mundo? Mas vai ver. Não há nada pior do que o pré juízo. Então vai ver. Vai ver com os próprios olhos, e não com os dos seus vesgos informantes, a pirraça oficial em que se tornou toda a joia de sua Coroa, vai certificar-se de que existe uma quase-república dentro de uma colónia que está dentro de um reino que está dentro de um império que está dentro de uma historieta. Agora rio-me eu. Veio para ver? Então vai ver e dar fé ao Rei de um proto-lugar onde as pessoas se esqueceram das leis, dos impostos, das queixas, dos queixumes, das promoções, das contas, e só se interessam, dia e noite, por simples histórias que um diferido fuzilado vem tecendo. No final, vai sobrar para mim, eu sei. Mas ele vai ver.

A falésia está toda arrumada à espera dele: vejo uma formatura de irmãs de caridade a aproximar-se com três esquadras de noviças na cauda, meninas em traje de mocidade, com lenços de escuteiros e bivaque, todas de tez e pernas brancas como se se tivessem banhado em pó de arroz. Embora já mais velhiças do que noviças, formam uma lindíssima fila diante do meu palco de fuzilamento. Estão sérias como bibelôs de porcelana e vêm instruídas e ensaiadas.

— Bom dia senhor condenado,

dizem com uma vénia colectiva.

— Bom dia,

respondo com o polegar.

Colocam-se diante da fanfarra e do orfeão da falésia. A nossa fanfarra e o nosso orfeão são únicos no mundo: os músicos afinam os clarinetes verificando milimetricamente o espaço entre a boquilha e a primeira falange do tubo de orifícios. Ficam com o instrumento embocado à espera que eu faça uma pausa de respiração e produzem um som, ilustrando a narração como na história de *Pedro e o lobo*, de Prokofiev. Fazem tiruli e, pronto, está a fanfarra afinada. Para tocarem, os trombones esticam o braço e cospem para o chão, os tubas fazem com os lábios algo como uma comichão de beiços nos asnos, brrr e, pronto. Os bombardinos tiritam de frio durante as janeiras, as trompetas correm pelos corredores, os flautins voam com as borboletas e fogem com as patas dos pintainhos diante do gato, o pato-marreco do fagote grasne, o burro da trompa zurra, os pratilhos e os chocalhos chispam e chovem, tudo na maior harmonia com a história. Todos sabemos que música e silêncio se combinam como luz na noite. O orfeão é prova disso. Os cantores afinam a garganta tapando os ouvidos.

Entretanto, nenhum ministro, a não ser que seja surdo, aceitará ver uma orquestra que toque como um cata-vento, uma banda que mexe, mexe, remexe, mas não produz um único som. O ministro não vai aceitar um coro que lhe dê as boas-vindas bocejando como anjos mudos. Não. Não creio que haja ministros com imaginação para tanto.

— Silêncio, apresentar armas,

ordena o Comandante.

Mentira, falo para os meus botões, que armas? Aqui já não há armas. Vejo silhuetas que se desenham no ar, braço e antebraço esquerdo em ângulo de quarenta e cinco graus, mão esquerda frente ao nariz, mão direita estirada e colada ao corpo, como se toda a tropa estivesse a tocar saxofones barítono. Qual armas? Só se forem heráldicas, aqui há muito que não há armas. O nosso exército é aquilo a que se pode chamar um exército parassematográfico, tudo não passa de imagens de imagens.

Entra na falésia o senhor ministro do ultramar.

— Ora viva, senhor condenado,

diz-me.

— Ora viva, Excelência.

Estou atacado de riso. O homem parece um cisne. Ele é tão atarraxado no chão, tão pequeno, que o seu sabre faz riscos na calçada e solta fagulhas de cada vez que ele dá um passo. Está a passar revista às tropas, vai sacudindo a cauda rabicunda sob o cinturão e, sobriamente, como um cisne apaixonado, vai pateando pelo corredor da falésia. A fanfarra toca e o orfeão canta o hino nacional. Tocar e cantar são metáforas de silêncio, só se ouvem o fervilhar da saliva no cano do trombone, o arranhar da palheta e o matraquear das chaves na magreza dos clarinetes, é tudo.

O ministro olha para o Governador, o Governador para o Comandante, o Comandante para a tropa, esta para as noviças cantoras, e ninguém diz nada. A irmã superiora dá a ordem com os olhos e as noviças começam a menear as fitas que trazem nas mãos e nas ancas e atam uma marcha alegre atrás do ministro. O ministro não entende o que está a acontecer, não pára de olhar para trás, como a dizer: Deixa ver se entendo este protocolo tropical, caralho, o que é isso? Agora içam a bandeira nacional num silêncio silêncio de verdade. Os cantores fazem como cata-moscas, só abrem a boca e imaginam a melodia. Saúdam os símbolos pátrios como marionetas. Voltam as noviças a olhar para a irmã Colaça, esta para a tropa, a tropa para o Comandante, este para o Governador, o Governador para o ministro, e este cabeceia como quem diz: À vontade, disparem. E oiço uma rajada. Disparos? Apalpo-me para estancar o meu sangue a escorrer como arroio, junto as mãos para recolher as tripas, como seria de esperar num caso destes. Vejo só fumo, tiros como velhos candeeiros a petróleo. Isto não é pólvora, penso eu, nem seca nem molhada, isto não é pólvora porque a pólvora peida, petilha, ribomba, essa merda não é nada. Haha, uma lixa sueca estoura melhor do que isto. No meio do fumo vejo os soldados a tirarem do cano os seus cartuchos de farinha de trigo estilhaçados pelo cão do fuzil. Tiram do bolso outro cartucho, enchem o artefacto e disparam, tuf, sai outro fuminho branco, tuf, e assim por diante, tuf tuf, como tosse de arlequins, nove salvas ao todo. O ministro faz a saudação de agradecimento segundo as normas e dá por terminada a parte cerimonial de boas-vindas, como dizendo: Chega de salamaleques.

O Governador ordena ao Comandante para servir de cicerone ao visitante, o Comandante traz o ministro para diante de mim ao mesmo tempo que faz uns sinais com as mãos e segreda umas palavras ao ouvido. Duas, três frases, e o cisne, mais simpático e menos tenso, saúda-me várias vezes com a cabeça, esboçando um sorriso condescendente, tira o chapéu, como mandam as regras de condolência ante um condenado à morte, volta a pôr o chapéu com o meu consentimento e retira-se sem dizer nada. Não se deve fazer perguntas, devem ter-lhe dito.

O ministro come e bebe na recepção que lhe foi preparada pelo povo da falésia. Mastiga como se tomasse hóstia, lenta e beatamente, explora o lugar com os olhos e pega distraidamente numa bilha e entorna um caldo pastoso para cima da mesa e dos sapatos. O Comandante faz um sinal discreto e uma noviça aproxima-se e coloca um babete ao ministro. Com a vossa licença, excelência, parece ter dito. A excelência dirige uma mirada sentencial ao Governador, como inquirindo: Que costume é esse de pôr um babete a um ministro? Mas repara que o Governador também traz posto um bibe. Este explica-lhe: Assim foi no princípio com todo o mundo. Quando para cá viemos, pensávamos que tudo isto ia ser canja. Dissemos: Vamos ouvir só um pouquinho de história lá em cima e já regressamos às nossas casas. Depois corrigimos: Vamos tomar só este caldinho e já nos vamos embora. Mas com o tempo, já não conseguíamos tirar os olhos de cima do condenado, e os molhos de tomate e de cabidela esquivavam-se-nos da boca, a gordura e o torresmo resvalavam-nos das mãos, o tinto da talha fugia-nos dos lábios e escorria barbela abaixo e pingava na roupa e nos sapatos.

De modo que o senhor ministro compreenderá: aqui na falésia, ou se ouve o senhor condenado e não se faz mais nada, ou se faz algumas coisas e não se ouve o senhor condenado, até se aprender geneticamente a fazer as duas coisas simultânea e normalmente. O ministro agradece e dispõe-se confortavelmente a escutar, mas ainda não disse ao que vem.

— O Língua não queria comer. Na garganta tinha um nó e no estômago um soco. Era a tal doença incurável que ninguém sabia o que era. Estava angustiado, mas tão angustiado que beber água já era um suplício.

O padrinho resolveu comunicar o problema ao contramestre: não é fingimento não, senhor, o menino está mesmo muito mal, disse. A tuberculose, a rubéola, a varíola, o sarampo e a febre amarela eram as doenças daquele tempo e dizimavam os escravos como insectos. Os patrões também tinham as suas doenças, mas eram mais pelos lados das veias e dos testículos e não havia medicamentos nem médicos que as curassem. Paradoxalmente, algumas doenças dos escravos eram curáveis mas não havia médicos nem medicamentos para eles. Assustado e sem atenção do capataz, o padrinho chamou então as tais enfermeiras-parteiras-feiticeiras. Desafortunada e inesperadamente, as ervas também falharam. O caso é sério, consentiu o padrinho, se nem as ervas, que são a mãe dos remédios, o levantam do chão, então preparemos-lhe uma mortalha. E foi então que o contramestre veio a correr com um chicote na mão e acertou em cheio no diagnóstico: é mudança de idade, disse, deu as costas e foi-se embora. Na verdade, estava tudo dito. No âmago dos achaques do Língua estava a menina da fila do outro lado, enfim, coisas da idade que a idade desconhece. O padrinho foi tirar a dúvida nos búzios e, lá estava, infalível: saíram ao menino dois caracóis geminados por seis vezes. O padrinho levantou-se e disse: escravo apaixonado, escravo duas vezes. Valha-me Deus. E foi dar uma volta pelo campo.

Na falésia é véspera de Natal. Noventa anos faz amanhã Jesus de Nazaré aqui comigo neste altar. Borralham-se os porcos, degolam-se as galinhas e os pombos, depenam-se e despatam-se patos e perus, fornam-se guloseimas, fornalham-se maçarocas e bananas, alambicam-se licores e aguardentes, taliscam-se mandiocas, palha-se a batata, sobe-se o cuscuz, esfolam-se os bodes, curtem-se as peles, enquanto o ministro se rotina na sua faina de visitante ultramarino. Ele pede papéis, examina postos, visita matadoiros, chafarizes, fontanários, padarias, currais, gabinetes, pocilgas, enfim, tudo o que foi sendo feito aqui nesses noventa anos de fuzilamento. Ele fiscaliza, exige e mostra-se determinado a acabar com esta troça de república. Sempre atento ao que vou narrando, mas ainda sem sincronia, ele tropeça nos moleques, nas bolas, nas pedras das balizas e nas petecas, pisa o rabo dos cães, assanha os gatos dormentes, perde as folhas, confunde as anotações, etcétera e nada. Tudo forçado. Ele não está a ver nada, só está a cumprir o dever. Faz as contas, solicita o inventário, quer saber da logística, das fortificações, das posições e dos mares, das gestões, dos orçamentos e das promoções, mas ante a descontração geral baixou os braços e cedeu. Tretas, o que ele quer mesmo é ouvir a história. Contra mentes não há artefactos, parece ter dito. E está sentado no chão.

O ministro começa a tomar as rédeas da falésia. Ele é agora o representante do império na colónia, quase vice vice-rei, ou pró-imperador, ou algo assim. O Governador é substituto, neste caso, e aqueles vetustos tenentes, capitães e majores barrigudos da província são agora todos capitães de mar e terra. O único general da falésia, gagá e chumbado pelas suas próprias borlas e divisas, passa à reforma porque despromovido não pode ser e mais alto do que era não pode ficar. O exército e a marinha, a cavalaria e a infantaria, a artilharia e os sapadores estão todos sob as ordens do ministro. Só o pelotão de fuzilamento escapa, mas também já parece uma legião de veteranos.

Eu já desconfiava, pois assim tem sido com toda a gente. O ministro já se barbeia ante um naco de espelho embutido na greta da parede, arranjou um quarto junto à fileira das divisórias dos chefes de família, banha-se no bidão, vai ao monturo fazer as suas necessidades, mija no urinol público, olha para as noviças e leva as mãos ao coração. Já é um dos nossos. Ontem, por exemplo, encabeçou uma autêntica revolução do amor, ao ordenar que as noviças do convento mudassem com a máxima urgência todas cá para cima, para a região da falésia. Olha o termo, chamou a falésia de região. Em breve se lhe acrescentará a palavra autónoma, porque há muito que temos o carteiro, os ourives, as parteiras, as finanças, o enfermeiro, os paços do concelho e até mesmo um governo, sendo este comedido de intenções, sobretudo para nós que andamos há quase um século a construir um mundo fundado por um condenado à morte. Se o ministro diz que respública é o que somos, é porque já éramos e não o sabíamos. Foi preciso vir alguém de fora para reparar nisso. Por isso mesmo, ele já ordenou com carácter de urgência a fundação de uma escola materna para aulas de costura, culinária, bordados, moral, religião, bons costumes e amor à pátria. Corrigiu, aulas de amor ao próximo, disse na sua parca sinalética. Isto é, em vez de as crianças começarem o dia a competir por coisas que depois esquecerão, vão aprender a conhecer o colega, a ser com o colega, a juntar os seus conhecimentos, a complementar os seus saberes. E está-se a cumprir. Vejo os homens da administração a tomarem notas, voluntários que se dividem para recensearem toda a gente, profissões que se levantam para ensinar, formandos que se erguem para aprender, e tudo porque o ministro também ordenou que o ensino passe a ser feito, a partir de hoje, em língua materna, entenda-se, em falesiano. Olha só o termo, falesiano. Aliás, disse tudo isso com gestos correctos, sem quaisquer erros de dactilografia. Já domina bem a língua que ele baptizou.

— Os negros morriam aos magotes nas plantações. Morriam de pé, sentados, deitados, a trabalhar, a comer, a dormir, acordados, enfim, era um luxo não morrer fazendo qualquer coisa. Despachem-se, gritava o capataz: Vamos enterrar este negro que acabou de findar. E todos os escravos, congos, judeus, cristãos, lucumis, mestiços e mandingas, desciam ao cemitério que ficava a umas centenas de metros do barracão e ali cavavam um buraco e cobriam o corpo com terra até fazer uma abaulada. Plantavam uma cruz para afastar o diabo e os maus espíritos e diziam: A Deus. Havia sempre alguém que ficava atento à rigidez do morto, porque, certa vez, enterraram um negro e aconteceu que o homem estava mais vivo do que muitos, levantou-se e foi-se embora para o barracão. Em vez de o mandarem regressar ao cemitério, fizeram-lhe uma festa com ajuda do patrão. Parecendo que não, a morte era um prejuízo. Quando uma doença dizimava os escravos, minguavam também a produção e as fortunas. Os patrões, preocupados com a redução da sua manada de negros, convocavam bailes e encontros em seus salões e davam jantares de negócios com o fito de trocarem saberes e informações sobre como estancar a morte dos escravos nas plantações. Uns achavam que os escravos andavam a morrer de propósito, porque morrer em plena fartura e ano bom só podia ser capricho de negro. Uma coisa é certa, diziam outros: se esses negros estivessem a ser tratados como nas colónias inglesas, sob flagelo e ferradura, não estariam por cá com tempo para morrer. Parece que esses tipos gostam mesmo é de maus-tratos, de maus-tratos que aqui não se praticam. Aqui é tudo brando e até lhes damos feriados. Aqui obedecemos

escrupulosamente às regras do açoite às grávidas, qua-
trocentas lategadas no máximo e sempre cuidadosamen-
te aplicadas com a gestante de barriga para baixo, para
poupar o bebé. Aqui as feridas resultantes das chicotadas
são imediatamente atacadas com compressas de folhas de
tabaco, urina e sal grosso. Portanto, a mortandade não é
por causa dos castigos ou das doenças, é por outra coisa.
Sim, mas que coisa é essa? Correm rumores de que os negros andam a suicidar-se. Suicídio?, perguntou o Língua
ao seu padrinho. Sim, respondeu-lhe o padrinho: Quer
dizer morrer matando a cabeça. E o Língua sorriu apenas.

Uma sabedoria transcendental temos aqui sobre as plantas medicinais e, graças a isso, desenvolvemos uma fantástica cultura de boa saúde. Tanto fazemos remédios como fazemos venenos. Mas, curiosamente, tomamos os venenos, e nunca os remédios. A dedaleira, tão comum aqui, pode causar fibrilação cardíaca e matar, mas usámo-la na fabricação de remédios para o coração; a beladona, ou erva-do-diabo, tem umas bagas extremamente tóxicas, que causam secura da boca, retenção de urina, obstipação, alucinações e, finalmente, a morte por paragem cardíaca; a trombeta-de-anjo, quando ingerida, provoca boca seca, pele seca, taquicardia, dilatação das pupilas, rubor da face, estado de agitação, alucinação, hipertermia; o acónito pode matar por paralisia respiratória, a buchinha provoca hemorragia; o comigo-ninguém-pode causa queimaduras, inchaço nos lábios, boca e língua, náuseas, vómitos, diarreia, dificuldade de engolir e asfixia; a mamona, o rícino comum, é capaz de parar completamente a produção de proteínas dentro das células, por isso, durante as guerras, a farinha da semente de mamona era misturada com bolos para matar soldados e generais; o Fumo, o tabaco, é fulminante: duas a quatro gotas de nicotina pura são suficientes para matar um adulto; e ainda temos a espirradeira, a catadupa, o caldissanto, a alfabaca, etcétera e planta. É com eles que nos mantemos saudáveis. Os remédios só são para as doenças, coisa que aqui não sabemos o que é.

O ministro está diante de mim.

— Permita-me, senhor condenado. O povo falesiano está muito feliz com o seu condenado, e hei de transmitir isto à nossa Majestade. Confesso-lhe: por mim, jamais deixaria Falésia, este lugar fantástico e maravilhoso. Entretanto, como poderá entender, funções são funções e eu estou investido nas minhas como o senhor está investido nas suas, e não podemos transigir.

— Desculpa. Estou morto de riso, excelência. Desculpa. Em falesiano, o gesto de mão que começa no ombro e desce serpenteando corpo abaixo como no flamenco significa tanto vestir-se como despir-se. O senhor ministro quis dizer-me que estou despido das minhas funções ou que estou vestido delas?

Ele ri.

— Oh, perdão, seu condenado.

— O falesiano é assim, excelência. É uma língua ecónoma.

— Pois, senhor condenado, vamos ao assunto da nossa conversa. Apesar de não conhecermos a doença, somos cientes, porém, da inevitabilidade da morte. Toda a gente morre. O senhor Tchinoti padeiro faleceu, a Juvência, a mulher do Saturnino que contava estrelas, faleceu, e também a Ernestina, a Mármore e a Felícia, todas elas pessoas de grande sapiência. A Ernestina comia cebolas e praguejava para as nuvens fazendo chuviscar, no momento. Enfim, e outras coisas, o senhor sabe disso.

— Sim.

— A Mármore fazia orações para os cunhais das casas,

— Sim.

— A Felícia sabia onde era o lugar de cada coisa antes mesmo de elas terem estado no lugar onde estão, como pedras, árvores, certas ruínas e até lagoas. O senhor condenado sabe. Pois a questão é esta: essas cidadãs falesianas não deixaram suas sabedorias com ninguém e isto empobrece uma nação. O senhor condenado também sabe que nos últimos anos se celebraram mais de quinhentos casamentos em Falésia, entre aqueles que já viviam em concubinato, entre as noviças e a tropa, entre antigas viúvas e recentes viúvos, e entre as meninas que subiram e os rapazes que já cá estavam. O senhor condenado sabe que dessas uniões nasceram mais de três mil e quinhentas crianças, o que dá uma média normal de sete filhos por casal, o que quer dizer que em Falésia temos uma leva de mais de cinco mil garotos em idade escolar.

— Sim.

— Os professores estão cá, os manuais também vieram. Só há um porém: dar aulas a essas crianças. O Governador e o Comandante já buscaram todas as soluções possíveis e vieram ter comigo, pois a questão não está na aritmética, na caligrafia e nas outras disciplinas, mas no facto de as crianças não quererem perder nica da história do Língua. Negam terminantemente ir à escola chamada escola. O que tem a dizer-me o senhor condenado sobre este assunto?

Nunca imaginei uma situação dessas. Não a questão em si, mas toda a carga simbólica que o ministro colocou. Primeiro, ele disse povo falesiano. Depois chamou Falésia, com maiúscula e sem artigo, como se diz Portugal. Também disse cidadãs e cidadãos falesianos. E, por último, falou em empobrecer uma nação. Falésia então é pátria, país, Estado, naturalidade, origem e nação. Estou feliz. Bem, condenado feliz é algo surreal, mas, que posso mais querer?

— Senhor ministro, as crianças tudo merecem neste mundo, mas, pelo amor de Deus, não me peça que suspenda a história.

— Sei que se trata de um direito real do senhor condenado, aliás, de um direito vital, tão vital quanto o direito de essas crianças terem uma educação universal, porque povo sem educação caminha para trás. De modo que, com a devida vénia, senhor condenado, o que lhe peço é que veja a possibilidade de incluir as disciplinas do currículo escolar nas suas histórias. Pode ir ensinando a aritmética com os jogos, a geografia com os lugares da história do Língua, a caligrafia já sabemos, enfim, como bem saberá o senhor fazer, mas é essencial uma nação educada.

Só tenho uma dúvida.

— E os exames para a passagem de classe? Como é que serão feitos, senhor ministro?

— Não haverá exames. Cada um aprenderá aquilo que puder e quiser e empregá-lo-á para melhor compreender a sua própria história. Cada um compreenderá a história como ele próprio é. Portanto, não há nem haverá duas compreensões iguais da sua história.

— Tragam-me os materiais didácticos, os assistentes, as ardósias e as peninhas.

Só faltava isso a um condenado.

— A história do suicídio e da morte aos magotes impressionou o Língua. Então, quando esperava que tudo se tornasse obscuro, tudo se tornou luz. Aquele primeiro sentimento, o tal que ele queria confessar ao padrinho no poial, mas que nunca haveria de contar, por decisão própria, ganhou corpo. Fuga. Era este o segredo. Sentimento de liberdade, estranho sentimento, contra todas as razões e circunstâncias, mas o primeiro que lhe batera, mesmo antes do amor. Depois, tudo se confundira, pois não queria deixar o padrinho, e depois tudo se fundira, porque não queria deixar a menina da fila do outro lado. Foi o dilema que antecedeu a desilusão. Os velhos escravos eram absolutamente contra os negros se fazerem aos montes. Tinham fundamentado receio de que por um pobre pecador fossem todos os outros pobres justos pagar. Para além disso, havia nos velhos o grande temor de os fujões serem recapturados. Pois então tudo dobrava de crueldade: os cães, as chibatadas, as folhas de tabaco com urina e sal, a dieta, o trabalho e a impossibilidade de virem a ser alforriados. Portanto, nem pensar segredar o assunto ao padrinho. Sabia também que as mulheres eram radicalmente contra as fugas. Tinham o receio fundamentado de que, por uma tagarela, fossem pagar todas as outras pobres caludas. E a menina perderia de vez o homem da sua vida. Esta seria a cicatriz maior. Então, o Língua percebeu: É triste termos um plano de vida ou de morte e não podermos confidenciá-lo a ninguém. O Língua só tinha Deus como cúmplice e confidente. Por inexplicável que pareça, Deus sempre teve no escravo o seu crente mais fervoroso.

Chegou a hora da segunda verdade: o Língua começou então a preparar a fuga. Passou a observar com agudeza os movimentos e os hábitos do contramestre: estudou-lhe os passos, o lado em que ele levava o machim, a bainha onde manietava a faca, o ângulo da sua mirada vesga, sua cabeça sobre as costas, o penedo onde se sentava para espiar as raparigas, a sua estatura e robustez, e reparou num detalhe: o contramestre tinha a mania de dar as costas às pessoas, como desprezo.

Debilidade encontrada em quem tem forças.

Num domingo de manhã, com o início da azáfama, o Língua foi até ao portão de ferro que ligava uma fila de barracões à outra, fez-se distraído, viu o contramestre na sua ronda e assobiou. Ora, como era de se esperar, o contramestre, munido de toda a autoridade que lhe era conferida nessas horas, resolveu pedir satisfação ao fedelho que chochorrobiou: Porque assobias à minha passagem, negro? Acaso viste um pardal? Vai lá para dentro. E, no momento em que virou a cara para continuar a caminhada, recebeu na figura uma pedrada que o deixou de bruços como um camelo. Tentou levantar-se, mas voltou a cair com a cara ensanguentada. O Língua atirou-se como uma fera para cima do contramestre abatido, sacou-lhe o machim e a faca e desapareceu como uma lebre na direcção da floresta.

A falésia fervilha. O bom ministro puxa de um tabaco, estira os pés brancos para dentro de uma das gavetas abertas da secretária, solta uma baforada e pisca-me o olho, como querendo dizer em falesiano: agora é que a história está boa, e a vida também, carvalho. Esta última palavra é assim mesmo aqui.

E começa a chover neste exacto momento. Que bonança. A chuva, que aqui cai duas vezes ao ano, tem o condão de mudar tudo de sua rotina: a mula da secretária é levada para a casa do faroleiro, a porta do forno é fechada, as fraldas são arrancadas das cordas, os lençóis e as fardas são arrebatados do secadouro, os porcos são encaminhados para as grutas, as famílias coroam-se de alguidares, a lama acorda e uma nova paisagem nasce da lembrança da terra. Tudo vira uma outra coisa do mesmo género e tudo o que estava ausente renasce da hibernação, casacos, soutiens, barrigas e óculos vaporizados, sapos, gafanhotos, joaninhas e enxadas fossilizadas. Os cães estremecem em espiral e os homens e as mulheres sorriem debaixo dos seus guarda-chuvas. Eu sinto a lona de linho tiritar sobre a minha cabeça. Este é o único barulho do mundo que aqui nós temos de admitir, a chuva miúda. Gosto das vozes que vêm dos algerozes, dos trotes que vêm das poças, das pipocas que nascem das pedras e do nome do arco-íris em falesiano: chamámos-lhe olho-do-céu-que-fala. Aqui não fazemos distinções entre a chuva, o mar, os lagos e as pocinhas de água em que os putos chafurdam. Numa ilha chove tanto na terra como no mar. Assim, apenas temos uma palavra para tudo quanto é água em falesiano, é o gesto de pedir esmola. Dizemos água, apenas água, da benta à salgada, das ditas negras às outras. Estendemos as mãos para a nomear. Assim destrinçamos água da aguardente, que em falesiano é água-da-vida ou água-que-passarinho-não-bebe. As outras águas, por exemplo, as lágrimas são água-dos-olhos, xixi é vou-fazer-uma-água e, por conseguinte, fogo é água-de-gato, isto é, sinónimo de outra-coisa-escaldada-que-a-água-teme. Por estas e por outras circunstâncias, por consenso geral e veneração, quando temos de dizer água, além do gesto de pedir esmola, articulamos algo como um bocejo de bebé. Dizemo-la. Todo o mundo faz uma pausa no silêncio e emite um som, porque o sagrado pronuncia-se. Nessas ocasiões, misturo as minhas duas línguas, a sonora que ergue ouvidos, o crioulo, e a visual que requer vistas, o falesiano. Enquanto durar a estação das chuvas, somos um povo bilíngue. Todos os anos quando chove vou à feira, compro pulseiras aos ciganos, mordo torresmos que também trovejam à sua escala, enxáguo a boca, gargarejo, assobio de vez em quando uma melopeia e beijo as mulheres que me beijam. Só quando chove.

É muito bom ter uma língua assim. O falesiano permite que todo o mundo escute enquanto fala. O barulho é uma ocasião, uma espécie de estação efémera. Temos a estação do barulho e, quando ela chega no calendário, aproveitamos e assoamos colectivamente o nariz, arrotamos ou coisa assim. É um evento que celebramos duas ou três vezes por ano com a maior alegria. Temos sazonalmente um campeonato de ranhos e outro de espirro. É divertido e emocionante ver os lencinhos a saírem dos baús, lenços quadrados, rectangulares, dobrados, com riscas, bordados, com iniciais de família. É divertido assistir ao arrancar dos pêlos do nariz, ao rapar dos bigodes, ao cheirar do rapé, ao abrir champanhil das latinhas de mentolatum, à lubrificação das ventas com vaselina, enfim, rituais imprescindíveis para perpetuar a tradição. Eu adoro participar, pena que é sempre o Cesário quem ganha, mas no final espirramos todos à nossa saúde e despedimo-nos até ao próximo ano, dizendo: Que Deus nos dê a todos vida e bem-estar, ou seja, sopro e nariz, que são a origem do homem. Outro momento de inestimável convívio é o Ano Novo: soltamos eructos de satisfação, como foguetes-de--artifício individuais, e depois cada um vai ronquejar na companhia dos seus entes queridos.

— O Língua estava pela primeira vez livre havia quatro dias. Perdido mas livre. O céu e a floresta pareciam-lhe um só. Muitas estrelas faziam pisca-pisca no céu, mas nenhuma sabia indicar-lhe o caminho para a direita ou para a esquerda, apenas estavam ali iluminando-se a si mesmas para não se perderem no imenso firmamento. A lua, igual, parecia correr como uma bola de cristal à procura de eventos, mas seguir-lhe os passos significaria ficar plantado no mesmo lugar. Quando o Língua esquivava uma estrela para poder ver a outra, perdia o rasto aos seus próprios passos e, então, nem para trás, nem para a frente. Nada do que aprendera no percurso entre o barracão e a plantação estava a servir-lhe. Infelizmente, ele não tinha outra vivência. Por isso andava à toa, molhado e com os pés cobertos de ampolas. Subiu, desceu, foi para um lado, para o outro, andou até não sentir mais os pés. Quais pés, aquilo parecia um monte de casas de cigarras de tantos prurios tinham. As mãos estavam tão inchadas que se batessem palmas repeliam-se como quem salta para cima de um balão. Queria continuar a correr e a andar, mas como? Por isso parou, mesmo não estando seguro. Pois uma coisa ele sabia por experiência própria: o corpo deve ser respeitado, porque o corpo é uma pessoa à parte da pessoa, como o espírito. Não o podemos obrigar a mais do que é capaz.

Sentou-se debaixo de uma árvore e, sem mais ninguém do que uma metade de si para tomar conta dele, com o corpo alheio em cabeça própria, com todo o resto dilacerado e com a alma e o coração completamente partidos, fechou os olhos e entregou-se ao Deus-dará. Todo o homem tem de fazer a sua travessia do deserto. O Língua não havia de ser a excepção, estava a atravessar a sua floresta. Faltava saber durante quantos jejuns.

Para além do eco, outra companhia inseparável estava com ele: o pensamento. Estavam ali como dois homens. E um falou para o outro e disse: Um homem nunca está só.

Em Falésia é o início do ano lectivo, que hoje é uma das nossas festas maiores. Ver um menino a caminho da escola ou sentado a descobrir o mundo é dos mais belos presentes que nos podemos oferecer. E aqui a escola é definitivamente uma nova escola: entre episódios e episódios da vida do Língua, incluo jogos didácticos para o jardim de infância, introduzo lições de dois mais dois são quatro, quantas mangas restam se comermos duas das cinco que havia, etcétera. E à tarde, enquanto em falesiano narro, ensino as parónimas, os sinónimos, as homógrafas e as homófonas entre as palavras. À noite revejo as cábulas dos professores de anatomia, nos encrencamos na geografia das estradas e rios de Portugal, porque assim o determina o currículo académico, e discutimos filosofia taoísta, que ninguém sabia que se chamava assim, mesmo sendo aqui um modo de vida. O ministro nunca se cansa de explicar, morto de riso, o que é uma passagem-de-nível, coisa que não abarcamos, porque aqui na falésia só os pedreiros e os carpinteiros trabalham com nível, e o termo passagem significa morrer. Nas ilhas não há comboios e os poucos caminhos-de-ferro que existem são para transportar sal, água, carvão e melaço até ao depósito que fica a duzentos metros.

Com os anos, conseguimos ultrapassar a questão das regiões de Portugal no ensino. Agora o quebra-cabeça é a monarquia. Não dá para explicar aos meninos de Falésia o que é a monarquia na nossa língua. Pois o falesiano é uma língua ideográfica e os reis e as rainhas têm todos uns nomes de dois metros que não cabem nos nossos símbolos. Às vezes cabem, mas baralham-nos, pois são repetidamente João, Afonso e Pedro e têm uma afeição por números romanos como doidos por bugigangas. Juro que também não compreendo essa fantasia que os reis têm de se desdobrar em números e apodos, como se já não fosse complicado por demais levar em cima os pais, os avós, os tios, os padrinhos e os tutores. É uma psicose mesmo essa hereditária missão de se acasalarem da Áustria à Espanha, da Hungria à Suécia, de Inglaterra a França, em busca de procriaturas perfeitas para perpetuarem as suas realezas. O que acontece depois é isto: só Filipes há catorze na genealogia dos reis: Filipe, O Santo, Filipe, O Diácono, Filipe, O Árabe, Filipe I, Filipe filho de Henrique I e de Ana de Quieve, rei da França, Filipe II ou Filipe Augusto, O Conquistador, filho de Luís VII e de Adélia de Champanha, Filipe II, outra vez, mas este rei da Macedónia e filho de Alexandre Magno, Filipe III, o Ousado, Filipe IV, O Belo, Filipe V, O Comprido, e uns Filipes que ora eram II, oram eram quartos, conforme fossem de Portugal ou da França. Para cúmulo, existe até um Filipe Ninguém, filho de Frederico Barba Roxa. Pobrezinhas das nossas crianças. Às vezes elas me dizem: Senhor condenado, não podemos chamar-lhes Fifi?

E eu respondo-lhe, educando: Fifi é nome de gato.

Mas, afora o quiproquó à volta dos reis, a educação aqui na falésia é da mais graciosa. Eu lecciono para os do liceu, os do liceu assistem aos que já vêm estudados de casa, os de casa fazem as suas pesquisas, comparam os seus estudos e atribuem-se livremente licenciaturas e doutoramentos modestos, contanto que não falte um ciclo na cadeia formativa. Assim, nesse esforço jubiloso, passados apenas vinte e dois anos desde que introduzi a educação na narração, todos os graus académicos estão atingidos, todas as crianças estão escolarizadas, todos os adultos alfabetizados. Agora estamos gerando os nossos próprios cientistas e caminhamos para a graduação de certas partes da história do Língua só para universitários e pesquisadores, tudo porque temos a consciência, eu melhor do que ninguém, de que o tempo não pára e o futuro é perguntador. O outro desafio, por exemplo, é como fazer ouvir àqueles que são surdos. Na realidade, em Falésia temos dois surdos, o João Moco e o Nené de Mimoso. É nisso que temos de trabalhar agora para que a igualdade seja um tratamento desigual adequado à necessidade de cada um. É a isso que chamamos equanimidade, esta nova cultura onde o quase nada é convertido cada dia em quase tudo.

— É isto a liberdade? Há qualquer coisa de inseparável entre a liberdade e a solidão.

Mas também há qualquer coisa de parecido entre a liberdade e o amor. Serão iguais. Solidão ajuda a perceber a liberdade. Mas é em companhia que a gente a saboreia. Acho que no amor acontece o mesmo: a sós significa a dois. Mas liberdade com medo, liberdade fugindo, não é liberdade, é soltura. Seja como for, não é submissão. Amor deixado para trás é amor? Liberdade nós trazemos connosco. E o amor? Também. Todos os que eu amei estão cá comigo. Ajudem-me. O meu consolo é que, pelo que eu pude perceber, um escravo fujão nunca é considerado um homem covarde. É melhor viver como bicho do que como escravo. O padrinho entenderá. Espero que minha menina também. Mas vou viver sem eles toda a vida?

O Língua olhava para o seu fardo, para o incansável outro que o tinha suportado todos os dias, e dizia-lhe: Aguenta-te, rapaz, não me abandones e não te abandonarei.

Para pensar, o Língua falava consigo mesmo. Pensava no padrinho, que lhe dizia: O que nós os homens somos não se pode ver. Não podemos dizer que a nossa alma tem esta ou aquela cor. Os velhos congos diziam que a alma é uma espécie de maga que nós carregamos, as há benfeitoras e também malfeitoras. A alma deixa o corpo de uma pessoa quando morre ou, por instantes, quando dormimos. Os sonhos são feitos para estarem em contacto com a alma. É o momento em que a alma recupera a sua liberdade e sai a passear pelo espaço. O arrepio é um sentimento por causa da alma que sai e volta a entrar no corpo. E quem tem arrepios deve rezar sempre. Enfim, os ensinamentos do dia-a-dia. Palavras do padrinho ecoando na memória. Mas sobre o amor nem uma palavra. Talvez não haja sabedoria para isso.

No meio desse pensamento, pareceu-lhe, então, entender o que o padrinho quisera dizer-lhe com *o afilhado toma conta do padrinho.*

É outro dia de noite: menos um dia, mais uma noite em Falésia. Eu ainda tenho de passar o trabalho de casa aos mais pequenotes e dizer boa noite ao Cabo Falinha, que é sempre o último a deitar-se. Ele certifica-se de que todos os cidadãos responderam pelos seus nomes antes de dormir, fecha a falésia, afaga os cães e os gatos em épocas de cio e, por último, vem desejar-me boa noite com a sua voz de si bemol de concertina, e entra na história-sono adentro. Eu fico encarregado de velar pelo sono de Falésia. Fico atentíssimo, não venha algum barco ou algum bandido aproximar-se por mar ou por terra. Estou instruído: se algo de anormal acontecer, devo accionar o alerta, que é muito simples e funcional, faço um minuto de silêncio e pronto. Esse alarme funcionou todas as vezes que o testámos. Lembro-me de que certa vez veio um estrangeiro perdido na noite à procura de sua mulher que fugira de casa. Aproximou-se furibundo do portão da falésia, vi-o, calei-me por um minuto e, no segundo seguinte, todo o mundo estava acordado. Os soldados puseram-se de pé, o Comandante deu ordens para atirarem e todos os homens juntos fizeram catrapum com a boca e o intruso caiu de pernas para o ar. Para matar bastam o meu alarme e o susto de oito mil homens. O povo e a pátria confiam em mim, eles sabem que eu quase nunca durmo profundamente. Isto é, aquilo a que se chama o sono propriamente dito, com morrência e alegria, eu não sei o que é. Quando o mar se cala, às vezes, quando a maré baixa arriba quietinha às minhas costas e me nina, sussurra, conta-me histórias que nem imagino, mareia-me mansamente, balouça a minha cabeça, encosta-me à parede, embala-me, aí, sim. De repente, não me mais. Aí, sim, aí durmo e de nada mais me lembro, nem de mim, porque ninguém sabe propriamente qual o momento em que passa da vigília ao sono. Entretanto, assim como durmo, assim estou acordado e a narrar, porque se eu me calar acordo-me.

— O Língua construiu uma bela casa no meio da mata. Ali abrigou-se, sozinho com o seu pensamento, tão próximos e tão distantes como há milhões de anos.

Milagre que estou vivo, dizia quando acordava. Numa noite, ele meio acordado e meio a dormir, escutou vozes, vozes de homens. E não era a primeira vez, atenção. O Língua sabia que os caçadores de negros fujões recebiam por uma cabeça de preto mais do que ganhavam vendendo inhames em toda a vida. De modo que, disse de si para si: Deixa-me pôr as minhas pernas ao ombro e rumar-me daqui, porque, para fugir e deixar-me apanhar, melhor ter ficado quieto e obediente como uma janela no lugar onde eu estava.

Já tinha andado a vaguear durante vários dias quando avistou uma gruta, que é o quanto um desamparado precisa para sentar arraiais. Não queria acreditar. Aproximou-se, fez reconhecimento da caverna, assentiu com a cabeça e, satisfeito, disse: Língua, a natureza acaba de te oferecer uma bela mansão e isto é um bom agouro. E sorriu. Era sinal de que o mundo estava a recebê-lo, porque bastava que ele se tivesse desviado uns metros, ou tivesse ido por aquele atalho e não por este, gruta e rochedo seriam a mesma coisa, pedra oca e pedra maciça a mesma pedra, dentro e fora o mesmo espaço, e nunca teria deslindado uma entrada escondida numa rocha. Era uma casa perfeita esculpida pelos anos, pela água, pela poeira, pela luz e por quantas coisas desconhecemos. A mansão tinha tecto, recepção, reservado, esconderijo, iluminação, chão, jardim e entrada livre. O Língua entrou, fez uma cruz com o pé direito no tapete de ervas e sentou-se no chão. Era o baptismo da sua nova residência.

Na verdade, quando a natureza é cúmplice, a nossa maior sabedoria é a nossa intuição. Olha só, reparou o Língua, não preciso andar muito para comer. Era verdade: uns leitões passavam a grunhir assiduamente à porta da caverna. Não pareciam javalis bravos, eram mais uns bácoros bem tratadinhos, gordinhos e rompantes. Essa diferença suína significava que não muito longe estava o mundo e o mundo significava algumas hortas, algumas fazendas dos camponeses, algum carreiro de água.

E o Língua comentou: Ainda por cima esses leitões têm manias de andar em cardumes.

— Cardumes de porcos?,

pergunta com a testa um aluno da sexta classe.

Este também estranhou: Cardumes de porcos?

— Cardumes de porcos? É assim que se diz, professor condenado?,

perguntam-me com finos gestos.

— Sim, não foi por descuido ou por ignorância. Era como os escravos chamavam a um grupo de leitões. Os escravos diziam cardumes de porcos, monte de cabras, mancha de peixe, curral de burros, quintal de cavalos, achada de cachorros, ninho de ratos, cesto de gatos, cochada de rapazes, casa de mulheres, rol de meninos, capoeira de pombos, lote de homens, etcétera. Hão de entender que não se podia exigir que os escravos dissessem vara de porcos, matilha de cães, armento de gado, alcatéia de lobos, braçada de capim, cambada de caranguejos. Esses vocábulos não existiam na língua deles, como não existem ainda hoje nas línguas wolofs e mandingas os conceitos de por favor ou obrigado. Não é por má educação ou destemperamento, é simplesmente porque, no caso dos escravos, convenhamos, eles não costumavam dizer academia em vez de um grupo de artistas, cientistas e escritores, não costumavam dizer acervo para se referirem a um conjunto de bens materiais e obras de arte, não diziam álbum para as suas fotografias e selos, ou antologia para os seus trabalhos literários. Os escravos não diziam assembleia para os seus parlamentares e associados, ou atilho para as suas espigas, baixela para os seus objetos de mesa, banca para os seus examinadores, cabido para designar os seus cónegos, cáfila para os seus camelos, caravana para os seus viajantes e peregrinos, concílio para os seus bispos, conclave para os seus cardeais à eleição do Papa, congregação para seus professores e religiosos, congresso para seus conjuntos de deputados e senadores, ou enxoval para as suas roupas. Os escravos não diziam esquadra para os seus navios de guerra, esquadrão para os seus soldados de cavalaria, falange para os seus anjos, fato para as suas cabras, girândola para os seus fogos-de-artifício, horda para os povos selvagens e nómadas, malhada para as suas ovelhas, mó para as suas gentes, panapaná para as suas borboletas, ou pinacoteca para as suas pinturas. Não. Os escravos não tinham plantel para os seus atletas, plêiade para os seus poetas, récua para as suas bestas de carga, réstia para as suas cebolas e alhos, revoada para os seus pássaros, sínodo para os seus bispos, ou turma para os seus estudantes e trabalhadores e médicos e juízes. Tinham o que tinham. Portanto, como eu ia dizendo, cardume de porcos.

— O Língua saltou pra cima de um leitão, prendeu-lhe as mandíbulas com as duas mãos e levou-o de um salto para dentro da gruta. Era ementa para uma semana. Mesmo que os leitões continuassem a vir em número cada vez maior nadar à sua porta, ele sabia que só devia atar um por semana. A gruta só tinha uma entrada, que era a saída, e uma saída, que era também a entrada. Um leitão no interior podia atrair as serpentes. Embora comparadas com as do continente as nossas serpentinhas pareçam fiadores de sapatos animados, medo é medo. Se um desses fiadores resolvesse trincar um porquinho que foi à horta e comeu uma bolota, Deus defende. Imaginem. Os congos diziam que essas serpentes podiam viver mais de mil anos e, quando se tornavam milenárias e desdentadas, transformavam-se em boas e partiam para a floresta continental através dos mares, nadando como os peixes comuns.

Para prevenir, o Língua dormia com um olho aberto e com o lume aceso. Pois a parte mais difícil da sua vida de fujão fora inventar o lume. E tomara-a como a invenção da vida, a chama não podia nunca apagar-se.

Apesar de escura e infestada de excrementos de morcegos, a gruta era uma boa residência. Até porque eram os morcegos os verdadeiros proprietários daquela casa. No início ele achou que devia expulsá-los e ateou fogo à caverna. Ficou-lhe de lição. Por pouco não se chamuscou. Os morcegos ficaram à espera de que ele apagasse o fogo e voltaram tranquilos aos seus hábitos de dormir pendurados de cabeça para baixo, como se para eles o chão fosse o sétimo céu. Esse acontecimento teve um resultado surpreendente na vida do Língua. Aprendeu a virtude da tolerância, e essa ser-lhe-ia de uma validade providencial.

Se a memória não me falha, amanhã completamos um século neste lugar e Falésia vai comemorar o centenário de sua fundação. Agora dizemos alegremente Falésia, com maiúscula e sem artigo, como se diz Babilónia, China, Mali ou Bretanha. Andamos há muito a preparar essa festa, mas hoje acordámos todos com um sabor antigo a moeda na boca. Não dá para fingir que não vimos o senhor ministro a arrumar os seus baús durante a madrugada. Ele vai nos deixar. Está toda Falésia tomada por uma melancolia arrasadora.

Ele vai partir. Toda a gente já sabe. Infelizmente, sua missão, que era pôr nos carris um departamento negligente do ultramar, nunca foi cumprida. Um barco da metrópole acabou de aportar à ilha para o levar. Disse que foi de imprevisto, mas muita coincidência.

— Vou-me embora — diz — talvez para ir servir para outras bandas deste vasto mundo. Assim, meu amado e ingénuo povo de Falésia, vou ter de vos deixar. Juro que, se não fosse o meu ofício e meu signo de homem honrado, só sairia daqui morto.

Nossos olhos estão em lágrimas. Vejo o nosso povo inteiro a cumprir com o seu signo de hospedeiro. Há uma fila falesiana carregada de ofertas e lembranças para o ministro. Está toda a gente vestida de uma saudade que nunca aqui se viu. Sei que o falesiano é um povo brando e habituado ao desapego, pela nossa própria origem, porque este povo nasceu pendurado da vida de alguém que estava por um fio, mas sei que temos a debilidade de um bicho destroçado, sei que a porta da saudade nos deixa como cão que perdeu o dono. Agora só nos resta o consolo. Se o ministro já nos disse que tem de ir, tem de ir. E começa o povo a oferecer agasalhos:

— Ovos de patos para gemadas lá na metrópole, senhor ministro, milho, milho para camoca e xerém lá em Lisboa, senhor ministro, louro, folhas de tabaco cozido e trançado para rapé lá na sua terra, senhor ministro, moreia, moreia escalada e seca para acepipes lá nas suas festas, senhor ministro, chifre de cabra para fazer tabaqueiro e amuletos, senhor ministro, uma torcida de sete metros para candeeiro, para sua família lá na aldeia, senhor ministro, rebuçados, açucarinhas, cocadas, queijadinhas, divertidas, lambe-lambe, cola-línguas, chupa-chupas, lapa-bocas, prende-queixos para os seus miúdos lá em casa, senhor ministro, leite dormido, talisca, mandioca seca, pirão, sarapatel de atum para as paparocas lá no castelo, senhor ministro, azeite de purgueira para os ossos no frio lá das suas serras, senhor ministro, feijão-congo para guisado de borrego na Páscoa, senhor ministro, pó de vergalho de tartaruga para o senhor e sua senhora, pano para o senhor ministro ensinar às moçoilas a rebolar o batuque, penas de galinha-do-mato para seu chapéu domingueiro, senhor ministro, banha de cobra para as juntas dos seus maiores, senhor ministro, manteiga de terra para as mulheres paridas lá de sua terra, senhor ministro, papel de cartas para o senhor nos escrever, senhor ministro.

— Senhor ministro, não se preocupe, vamos mandar-lhe por telegrama os resumos da história do Língua. Se passar um barco, mandaremos a história completa assinada pelo senhor condenado e por todos nós.

— Tome este pilão de pilar temperos, senhor ministro, leva este lenço de seda, senhor ministro, e também este mandinga para o proteger lá das disputas da Corte, senhor ministro.

E o senhor ministro já não tem mãos nem sovacos nem dentes para receber mais prendas. E ainda a fila está a compor-se: falta o Governador, que aguarda a sua vez para entregar as recordações oficiais em nome dos moradores.

— Uma bandeira bordada a cinco mãos por nós, noviças, senhor ministro, um crucifixo de ouro da paróquia em nome de todos os seus diocesanos, senhor ministro, este é meu anel de Cabo, senhor ministro, a caneta do fiscal, uma sandália do sapateiro do Governador, frasquinhos da enfermaria com areias de todas as cores, invólucros de balas cheios de especiarias, senhor ministro.

Também chegará a minha vez de dar uma lembrança ao ministro do ultramar, este homem que chegou aqui em forma de cisne e é hoje um gentil cordeiro. Ele marcou esta falésia e marcou o meu coração de condenado à morte. Sinceramente, não sei o que lhe hei-de dar. Bens materiais não tenho. Mas não vou sofrer de véspera. Vejo os alunos que oferecem os seus diplomas e reconhecimentos, os professores que entregam as suas batas, os polícias que doam as suas antigas algemas, ah povo despreendido, caramba. Tenho de dar ao ministro uma lembrança que se pareça a mim. Podia fazer-lhe de oferenda um prego do meu palco, ou um rosário desses que me ofereceram as velhinhas de Falésia. Se eu fosse um enforcado, podia oferendar ao ministro uma miniatura de um nó, como esses que os marinheiros coleccionam em molduras. Mas um fuzilado, o que pode oferecer um fuzilado a um amigo, se nem uma balinha tenho, nem uma cápsula, porque o projéctil ainda não foi usado? Que posso fazer? Não quero sentir-me o ser mais despojado da Criação. É melhor nem pensar nisso.

Está o povo a trazer cabritos, frangos, bolos, pães, maçarocas, cachos, molhos, ninhos, sacos, balaios, trouxas, vasilhas, garrafões, mãos repletas, coxas empinadas, ombros carregados e um canto de coisas que se amontoam e passam para outro canto que passa para outro canto que passa para outro canto. Vejo a parede do fundo da fortaleza completamente coberta de recordações. Vejo as minhas mãos vazias.

— Depois de cinco anos de abrigo, o Língua pensou em abandonar a sua sabática morada. Cansara-se da gruta e dos morcegos. Não tinha malas para fazer, nem caixas para arrumar, nem mobílias, nem mascotes. Olhou para a porta única, fixou os olhos na rua e jurou nunca mais voltar a viver no escuro. Os anos da mata tinham-no ensinado a não fazer barulho e a não se expor à luz, condições imprescindíveis para não se denunciar na inocência de viver só. Sabia gerir a sede e a fome, sabia dissimular o sono e sabia que a floresta é uma pessoa muito agradecida, se tu a tratas bem ela bem te trata. Portanto, tudo isto é minha casa, disse. A solidão pode aprisionar, mas dá liberdade de espírito. O amor aprisiona mesmo, mas dá liberdade de imaginação. E disso tinha vivido o Língua. Tudo serenou.

Saiu a caminhar. Caminhou até sentir o corpo a plantar-se no chão como se chão andante fosse a cada passo. Os braços e as pernas, de tanto enredar-se nos capins, bater contra os troncos, quebrar galhos e escudar-se, grampar e travar, já eram dois pedaços de madeira verde, duas extensões soltas do mundo vegetal. Parecia árvore-homem desenraizado de tanto cansaço, mas não parou.

Às vezes, ele esquecia completamente que era um fugitivo e punha-se a assobiar, fio, fio, fio, para espantar o medo. O medo é também companhia, mas o medo fala a sua própria língua e invade os pensamentos como tempestade pela casa escancarada. Aquele que assobia espanta a assombração, diziam os velhos congos. Mas o Língua era um fujão. Ou parava de assobiar e dava de caras com o diabo, ou fio fio e, de repente, nariz com nariz com um motim de batedores e caçadores de negros bravos cheirando a suor de macaco, tresandando álcool de má cepa por todos os poros, mofando tabaco da pior estirpe pelo bigode.

Conto dezanove baús e trinta e seis gamelas. E ainda há uma pirâmide romba por embalar rumo a Lisboa. Povo generoso, diz o ministro e pede auxílio para amarrar, empacotar, salgar, secar, escalar, esfolar, escamar e também consumir o que é perecível. Para além das guloseimas dos trópicos que se misturam com os panos e o barro, ainda há gente na fila com panelas a ferver, comidas que só se comem quentes, como sopa de pirão e suflé de milho; há gente a chegar com novos condimentos, com lembranças que mandaram fazer; gente que está à espera de o fruto e a folha amadurecerem para confeccionarem o siré e o rapé; gente à espera de ervas de mascar para curar as voltas do estômago nas viagens.

— Senhor ministro, senhor ministro, folhas de tarafe contra mosquitos, pulgas e percevejos, senhor ministro, contra os piolhos que o senhor ministro disse que às vezes tomam conta dos barcos, senhor ministro. Receba também estas pedras, pedras-sabão para males da pele, pedras-ume para o amargor da boca, pedra-pomes para os pés, joanetes e calcanhares, senhor ministro, pedra-caliça para o mau cheiro, pedra-barro contra a comichão, enxofre para a sarna, pedra-de-fogo para as doenças de homem, senhor ministro, e finalmente a mula, a mula, senhor ministro, a nossa animosa mula-gabinete, senhor ministro, o senhor pode levá-la para a metrópole, para cruzá-la com aqueles cavalos portugueses que o senhor ministro disse que são toiros.

O ministro aproxima-se de mim, tira o barrete, mete a mão no bolso e entrega-me um punho cerrado.

— Pode abrir, senhor condenado.

Abro a prenda e vejo um imagomúndi do tamanho de uma carambola. Fico sem palavras, mas também palavras não são precisas para agradecer a quem quer que seja que oferece um imagomúndi a um condenado à morte, caramba. O que é que vou oferecer ao nosso querido ministro? E eis que me ocorre uma ideia. Acabo de aplicar uma valente dentada à minha própria língua. Respiro fundo, cuspo agora para a mão um pedacito da minha língua mordida, quente e viva como um molusco. E vou doá--la ao senhor ministro.

— Havia anos que o Língua não dirigia uma única palavra a outra pessoa afora a si mesmo. Porém, estava feliz porque o silêncio para quem escuta é uma multidão sábia. Alguns escravos que fugiram a dois, ou a três, viram-se depois presos das suas próprias companhias, ou pelas suas próprias bocas. O Língua estava só. Às vezes avistava escravos longínquos na lavagem dominical, alguns a catarem ervas na fronteira do mato, outros a darem um vento à cabeça, como diziam. Olhava-os de longe, matava por instantes a saudade dos humanos e ia-se embora para o seu matomundo. Na verdade, mais os via mais se escondia porque, assim anónimo, quando os legumes e os leitões desaparecessem sem quê nem porquê, a culpa iria procurar um outro animal selvagem para se incorporar.

O Língua poupava todos os recursos que lhe vinham parar ao caminho, escolhia as cabras para o ordenho e colhia a verdura fresca para o dia, separava as frutas verdes das maduras e das que deixava a amadurecer, contemplava o dia durante o dia, trabalhava no que fosse para acompanhar o tempo e estar em forma durante a noite, caçava em propriedade própria e alheia, colhia o que as árvores lhe davam, fazia a sesta nas redes dos paisanos ausentes e ia, todos os feriados, escutar uma música que vinha de umas casas vizinhas onde os brancos se juntavam e tocavam.

É triste vermos um homem partir sozinho. Mas que fazer? É o próprio ministro que não quer que ninguém, por mais que o ame, perca uma palavra da história do condenado. Por isso, ninguém vai acompanhá-lo ao porto. Os habitantes de Falésia acenam, o barco apita e o ministro começa a descer com as suas malas e caixas empilhadas na sua mula parda. Ele vai branco como chegou, um pouco mais tostado, com a farda um pouco mais encardida, rabicundo como um pato cá da terra, mas de cisne ainda leva uma alma incorruptível. Esse homem está a levar um pedaço da minha língua para a sua terra, caramba. Lá vai ele todo pesaroso, está a perder-me de vista. Adeus.

Falésia está intrigada. O ministro voltou. Veio acompanhado de um outro homem vestido de trigo. Pelo que consigo ver daqui do meu alto, estão a entender-se cordial e efusivamente. Perguntam-me os falesianos se estou a ver o mesmo que eles. Claro, eu estou num pedestal e tenho o privilégio de vista: vejo o ministro a gesticular, sorver um trago da boca do cantil, partilhar a bebida com o colega, portanto, concluo, na desgraça eles não estão, nem um nem o outro. Pelo contrário, parecem felizes e respiram como lobos sedentos.

— Povo de Falésia, senhoras e senhores, de novo convosco o vosso grato ministro

Aplausos.

— Este homem que vocês veem aqui a meu lado disse que ouviu falar deste lugar e veio para poder ter a certeza. E diz-me que não preciso regressar à metrópole porque aquilo lá também virou outro mundo: uns reis morreram, outros exilaram-se, casaram-se com suas sobrinhas, com suas sogras, os herdeiros dos que estavam em Portugal foram para o Brasil, os que pretendiam o Brasil regressaram a Portugal, os que reivindicavam Portugal foram para a Áustria e está tudo uma bagunça. Nada daquilo que era já existe.

Estranho. Perdemos a noção do mundo lá fora. Ou será que o mundo lá fora perdeu a noção?

Bem aqui é já festa. Nós amamos o regresso de um bom amigo. Aliás, em falesiano, regresso e ressuscitar diz-se do mesmo modo: abrimos os braços como na cruz e depois abraçamos o nosso próprio peito e damo-nos palmadinhas nas costas.

Falésia festeja. Abrem-se os baús e os garrafões, fazem-se gestos dançantes em honra do regresso do ministro, rebentam-se os foguetes com a mesma discrição dos outros tempos, aquela fumacinha na boca das espingardas. Nunca fomos tão felizes desde que para cá vim para ser matado, como vulgarmente dizemos para marcar a efeméride. Todas as casas têm uma panela ao lume. Isto parece um concurso de fumos. O visitante está a receber um pouco de tudo e está com mais de dez pratos no regaço. Por ver tanta comida, abana a cabeça para a frente sem saber que está a dizer a sua primeira palavra em falesiano, ele agradece. Ele não sabe que nós aqui usamos o mesmo gesto para dizer eu não quero e eu não acredito e eu não creio. Até mesmo em questões de fé, para nós é tudo igual. Uma coisa não funciona sem a outra.

— Pode crer, meu almirante. Acredite à vontade, tenha fé, quando a paparoca acabar, cozinhamos mais. Nós aqui somos fartos, diz-lhe o povo.

Pois fartura e generosidade dizem-se do mesmo modo em falesiano.

E enquanto a mula do ministro é descarregada, o Cabo Falinha é chamado a resumir os anos de história ao visitante. Este, embora tenha de levantar o fundeador ainda esta noite, está fascinado com a minha história. Digamos, com a nossa história, a do Língua, a de Falésia e a do condenado. Ele volta a abanar a cabeça para a frente, porque abanar a cabeça para os lados é a pior ofensa que o povo falesiano pode receber. E venha a comida.

— O Língua jantou um roedor a qual ele chamou caxinguelê. Outros escravos chamavam-lhe acutipuru e os paisanos, serelepe. Apanhou-o no tronco de uma árvore oca, esfolou-o e assou-o numas folhas de inhame. Fez um tremendo manjar. Antes de dormir, como sempre, ateou os habituais três fogos, um para espantar os bichos, perto do qual dormia, e os outros dois mais à beira do caminho. Estes eram cobertos de cinzas e rodeados de gravetos e folhas secas para produzir barulho se alguém os pisasse. Boa noite, Esteban, boa noite e obrigado, Língua, disse de si para si e caiu no sono. Resta saber se um homem só o é também nos sonhos.

Na floresta tudo fala. O Língua sabia perfeitamente o que cada ser silvestre queria dizer do seu nome e da sua condição: a folha de tabaco curava a picada dos mosquitos, as minúsculas folhas de rosmaninho davam uma pasta boa para pacificar o reumatismo, a folha gigante colocada sobre o peito à noite apaziguava-lhe a respiração, as folhas da charuteira acesas espantavam os insectos, aqueciam as mãos, a boca e o peito e não atraíam tanta atenção como a fogueira. Os charutos eram apenas mais um pirilampo na noite. Fumar era uma das vaidades do Língua. Pois, para além do deleite em si, fumar fazia o café saber muito melhor. Bem, café era um jeito de dizer. Aquilo era um diluído das sementinhas de uma planta herbácea a que os escravos chamavam guanina e os paisanos diziam pintchera ou marabu. Mas era café, feito com água fresca de nascente, favos de mel, frutas e paz. O Língua não precisava de nada.

Em Falésia há hoje vinte vezes mais mulheres grávidas do que há dez anos. Há cem vezes mais meninos a gatinhar nas pedras, muito mais restos de espingardas sem donos na madrugada, muito mais botas de calcanhares para cima nas divisórias e muito mais recados a saírem directamente das mãos das mulheres para os olhos dos seus amantes destinatários. Os bilhetinhos são o meio de comunicação preferido em assuntos de amor aqui em Falésia. Começam sem qualquer introdução de formalidade ou de distanciamento, sem epítome ou títulos de distinção, sem mencionar cargo ou função, sem especificar a honra ou o dever. São apenas dóceis provas de que a cama quebra barreiras, despe senhores, desce chefias, deita ministros. Falésia é nisso também viveiro do mundo.

— O Língua amanheceu torcido de febre e dores de cabeça. Tinha as mãos quentes como filhós, os joelhos pareciam juntas de madeira e milhares de formigas subiam-lhe veias acima em direcção ao pescoço. Ao mesmo tempo, um frio transmontano descia-lhe pela espinha. Começou a delirar. Tentou fiscalizar-se, mas já não era ele ninguém de que se lembrava. Cambaleou até o carreiro de água, bebeu, depois deitou-se sobre o braço direito e pediu que a corrente o reconstruísse dos pés à cabeça. Foi assim que, gota a gota, pouco a pouco e lentamente, de umas partes longínquas de si mesmo, um homem chamou a sola dos pés com a consciência, as solas responderam, falou com os joelhos e estes moveram-se, desafiou as pernas, estas ergueram-se, os braços nasceram-lhe de um brusco movimento, as mãos ressurgiram da coda dos pulsos, os dedos acordaram e, opa, um novo e velho rapaz começou a andar como os partos prematuros de búfalas. Perguntou pelo que faltava: E a minha cabeça? A cabeça contestou-lhe: Aqui estou mal e porcamente, às rodas e a retinir como um tambor incessante. Fez um esforço, reuniu todos aqueles indivíduos autónomos e combalidos que eram o Língua, coordenou-os devagar e ordenou-lhes: Ao esconderijo. E lá se foram para a mata cerrada onde ele costumava dormir e morar. Depois, completamente ressuscitado, Língua de novo, fez fogo, aqueceu a água, colocou mel de abelha na fervura, assou frutas e tubérculos, comeu e disse para si: Esteban, se a gente se esquecer da gente, a gente morre num ui.

Vivo, sentou-se a contemplar os pássaros, seus companheiros de sempre. O Língua dominava a conversa dos pássaros. Às vezes, nós pensamos que os pássaros falam todos língua de pássaro, mas é um equivoco. Há mais língua no mundo dos pássaros do que no mundo dos homens: o cotunto, conhecido por corvo, por exemplo, dizia-lhe tu tu tu tu comeste o queijo que estava lá, e repetia até o Língua lhe arremessar o que estivesse a comer; o pássaro-fantasma, que tinha uns olhos incendiados e via para além da noite, dizia cus cus cuuuus e o Língua sabia que tinha que se esconder; havia ainda o anjo-da--guarda, pássaro de uma plumagem branquíssima que parecia uma nuvem aninhada numa árvore e fazia tchua, tchua, tchua, kui, kui, kui, depois desfazia-se no ar como um relâmpago amestrado; a pega, o pássaro mais amado pelos feiticeiros, que o chamavam pelo seu nome africano, sunsundamba, só batia as asas. Havia também os pássaros artistas, o enforcado, que conversava o dia todo, o papo-cheio, que cantava de maneira original e tinha a dança no canto, fazia co, co, co, co, co, co, a toutinegra, que aparecia sempre nos dias em que a melancolia estava de plantão, o abelheiro, pançudo e anão como um boneco de barro, a feiosa, que chegava sempre por volta das onze como uma amada preterida, o estorninho, que aparecia de larva na boca às quatro da tarde, o pisco, o despertador da manhã, o melro, que arregaçava as pernas com o crepúsculo, e os pardais, esses pássaros que vinham dizer olá a toda a hora. O Língua cumprimentava-os com um assobio e dialogava com eles intrincados assuntos.

O Língua sabia também falar com as árvores, e as árvores, como gente antiga, correspondiam com igual cavaqueira. Havia umas que assobiavam ao vento, outras que arrumavam pronúncias com a folhagem, uma que fazia chiu chiu, outras que articulavam sim sim sim, aha, outras que eram mais de companhia calada, que botavam as sombras no caminho por onde o Língua passava. Quando algumas árvores ficavam pensativas por falta de arejo, o Língua confortava-as com umas palmadinhas no tronco, no ramo ou na copa, dizendo-lhes: Olá linda, olá figueira, oáa amora silvestre, olá, e sentia que na palma da mão tacteava um beijo fungo, um roço musgo e um adeus caulino como retribuições.

Se um dia eu contar isto, ninguém vai acreditar. Vou a todos os enterros, desde o primeiro morto neste lugar. Não posso levar o muro de fuzilamento, que é pesado, de pedra, alto e fixo, mas vou com o pelotão à frente e ando de costas como as santolas, isso nunca se viu num funeral. Tenho de ir à cabeça do cortejo e com toda a Falésia de caras para mim a soluçar e a ouvir a história. Vai Falésia soluçando o finado e ouvindo o condenado, eu à frente, o caixão no meio, os familiares atrás, a administração a seguir, incluindo o Governador na sua burrica e o ministro na sua mula. Depois, lá na cauda, humilde e abstraída como uma reza, está a população em silêncio mas não calada, o que dá ao enterro um ar de contemplação. É tradição os familiares trazerem vasilhas de água para regar a cova e uns papelinhos com a súmula da história do dia em que o morto não escutou. Assim acontece com todos os defuntos. Nos próximos dias, em vez de os familiares voltarem com mais água, begónias, gladíolos, lírios, petúnias, cravos e malmequeres, como toda a gente que ama seu finado faz nesta terra, virá com mais e mais cábulas fúnebres, folhas escritas na frente e no verso em ortografia normal para os espíritos lerem.

Mas não é só aos enterros que vou. Não tenho faltado a nenhuma actividade colectiva no exterior. Tenho ido às sementeiras todos os anos por época das chuvas, tenho estado no andor de todas as procissões, como se eu fosse um santo igual aos outros, tenho ido às colheitas todos os outubros e ao arrasto das baleias que dão à praia todos os junhos.

Sou o quotidiano e a história não pode parar.

Já estou com cento e oitenta e tal anos, se não estou em erro. Vejamos: fui nomeado para escrever a biografia do Língua aos dezoito anos de idade. Estive sob as ordens do Comandante durante mais de dez anos. Fiquei mais uns não sei quantos sob as do Governador. Já levo mais de trinta e seis na jurisdição do ministro. A queda da monarquia foi em 1910. Portanto, arredondando por baixo, devo estar por aí com uns cento e oitenta e tal anos bem altos de história.

— O Língua também começou a compreender o mistério do andar da idade. E, sobretudo, aprendeu que cada lugar tem o seu próprio tempo. O tempo da floresta não é o do barracão, o tempo de alguém a sós não é o de alguém acompanhado, o tempo de quem tem pressa não é o mesmo de quem tem tempo.

O Língua sofria muito com o calor úmido da floresta e tremia muito com o frio da noite.

Certo dia, sem nome nem data especiais, estava ele sentado a fumar, ele e os seus companheiros, a saber, o Esteban, a língua, o pensamento, as árvores caminhantes e os pássaros guardiões e, de repente, um grito estranho vindo da aldeia sobrepôs-se à quietude da floresta. Até os próprios pássaros se assustaram. Pareceu que todas as bocas do mundo se tinham juntado e apupado a uma só voz. O Língua disse de si para si: Ouviste? Ficou atento e ouviu de novo aquela vozearia igual à de um trovão passeante, agora mais forte e mais penetrante. Ouviste, Esteban?, perguntou-se. Terá caído o mundo? Então, possuído por uma força estranha e hipnótica, e atraído por um chamamento antigo e cansado, em vez de se esconder, o Língua desceu e correu em direcção às vozes. À medida que calcorreava o matagal e os pedregulhos, dizia de si para si: Essas vozes chamam-me, essas vozes chamam-me. O coração ia disparado, os caminhos se domesticaram, todos os espinhos, todas as trampas e todos os desníveis se fizeram chãos. Chegou à estrada. E parou. Percebeu que as vozes vinham das plantações e dos barracões, das aldeias vizinhas e das vilas. Avistou alguns paisanos. Bom dia, disse. Bom dia, gritaram-lhe. Tentando entender a desgraça, mas sem qualquer sinal de entendimento, aproximou-se deles. E foi então que aconteceu. O que é que aconteceu? Aconteceu, responderam-lhe. Não eram paisanos os que gritavam, eram escravas e escravos, compreendeu. Fugiram em massa? Mataram os brancos todos?, perguntou. E eis que teve a maior surpresa de toda a sua vida: Acabou, responderam-lhe. O Língua ajeitou-se como pôde para não cair, tentou decifrar a magnitude da palavra acabou, observou, contemplou, juntou as reacções, os signos, todas as lembranças e começou a rir. Se estava a abarcar bem, a escravatura nas ilhas fora abolida. Percebeu o que lhe tinha acontecido e o que o esperava de ora em diante.

Vejo o que eu não esperava ver nos dias que me restam: vejo Falésia inteira de pé, rompendo o silêncio dos anos e aplaudindo severamente em sentido. Oiço nascer de tudo quanto tem a natureza de produzir um som a voz mais profunda da matéria. Pela primeira vez, desde que comecei a contar a biografia do Língua, os aplausos vêm das palmas das mãos, e não das unhas, e estalam como uma catadupa de sal ao lume. Para surpresa minha, quando julgava que as armas me iam ser apontadas, porque supostamente não há mais nada para contar, quando achei que iam dizer, até que enfim, o que é que vejo? Uma correria desenfreada do povo aos seus cadernos e sebentas, aos sobrescritos e envelopes. Estão todos numa taquigrafia generalizada, numa das mais emocionantes transcrições colectivas jamais vistas. Escrevem com lágrimas, tremuras e risos misturados. Escrevem aos seus mortos, a contar-lhes que o Língua é finalmente um homem livre. O que acho bonito é que não dizem que o condenado disse, ou que aconteceu isto ou aquilo na história. Não, tudo é presente. O Língua está livre, é um facto. A história aqui não é um conto, é uma vida que decorre. É um homem livre. Portanto, outro ciclo começa.

— O Língua não conhecia ninguém. Tinha de reaprender a trabalhar e o único trabalho disponível para um antigo escravo era aquele que sempre houvera. O único lugar disponível para um antigo escravo era aquele que sempre existira. A única coisa que um nascido escravo conhecia era ser escravo. A única coisa que todos os escravos sabiam era que não tinham nascido para ser escravos. A questão era o que fazer com a liberdade. Mas esta é outra cantiga. Por ora, um homem solto dava a sua fuga por concluída. O que é que se sente? Oh, simples: a respiração.

Em Falésia, as novas gerações já trazem nos genes toda a informação necessária para viver neste lugar. Saber história aqui em Falésia é como mamar ou gatinhar, o que significa em termos de selecção natural que, certamente, somos uma nova espécie. Aqui os meninos nascem a ouvir história, tomam o leitinho ao som das passagens, ninam o sono ao ritmo dos dramas, ouvem e fazem as suas próprias conexões para encontrar no fundo da memória as veias e as teias. Cedo apanham num lugar qualquer o início de uma história e começam logo a concatená-lo com o que vem a seguir e, nó aqui nó acolá, de repente, ei-la, temos história. Na verdade, estamos perante uma nova biologia elementar, em que a fantasia supera o conhecimento, o fantástico dita a realidade e a maravilhosa arte de contar histórias com minúscula é a mãe da arte de fazer História com H maiúsculo. Eis um novo homem. Reparando bem, esses meninos do novo mundo reagem como se tivessem vivido ou bebido o essencial da vida no leite materno; sabem das coisas e dos seus meandros como se o útero fosse uma escolinha. E o mais bonito: por mais que nasçam aprendidos, eles têm uma atracção natal pela história, coisa que supera a própria história.

— A celebração acabou e os antigos escravos começaram a perceber o inverosímil, mas real. Ninguém estava impedido de fugir, ou obrigado a trabalhar, ou coisa parecida. Até diziam: cuidado com quem falas, já não sou escravo, sou um homem livre. Porém, livre era uma maneira de dizer. Havia patrões, senhoras e senhores que ainda acreditavam que os negros tinham sido feitos para serem amarrados e açoitados, que mau-trato era coisa normal e necessária. Muitos negros tampouco se tinham apercebido da mudança de condição. Não saíam nunca da plantação, com medo de se perderem por aí, e não sabiam nada do que se estava a passar para lá dos seus metros quadrados de hemisfério desnorte. O Língua já podia ter uma concubina se quisesse. Muitas eram as mulheres que lhe diziam abertamente: Quero viver contigo, fujão. A sua valentia atraía as mulheres, a sua história, que ninguém conhecia, seduzia-as a todas, a sua língua abençoada de nascença fazia o resto. O que quer que ele dissesse, mesmo parco, era sempre de uma poesia demolidora. Por exemplo, certa vez, ante a declaração, quero viver contigo, fujão, ele respondeu à mulher: Seja feita a sua vontade, princesa. E a donzela ficou derretida. Nunca escrava alguma tinha escutado tais coisas e nunca imaginado que a boca de um antigo escravo fosse capaz de tais belezas.

A abolição da escravatura foi um golpe de mestre. Não foram os negros que escolheram o modelo da abolição, este foi-lhes imposto. A abolição não fora uma conquista, mas sim um negócio, algo que se deu ao escravo porque, ante a invenção das máquinas, o escravo já não servia mais. O Língua conseguira perceber isso mesmo. Se antes da abolição um escravo não recebia nada por ser escravo, agora pagava para sê-lo. Os escravos não tinham nada, mas tampouco deviam nada a ninguém. Agora, uma das condições escritas para a libertação dos escravos era que tinham de trabalhar para indemnizar o patrão pelo fim da escravatura. O escravo tinha de indemnizar o patrão, e não o contrário, como era de se esperar.

E o Língua reparou que tudo se convertera num círculo, mais do que vicioso, viciado. Não tinha mulher porque queria trabalhar primeiro. Trabalhando, não podia jamais ter mulher porque só tinha tempo para o trabalho. O trabalho agora não era decidido pelo patrão, mas pelo trabalhador, e era trabalho para duas juntas de bois num homem só. Quem parasse para descansar era imediatamente despedido. Despedido era sinónimo de morto ambulante. A solução era trabalhar sem piedade: começar às seis horas da manhã, uma pequena pausa para o almoço, uma merenda tragada sobre as canelas, e toca a trabalhar de novo. Campo e inferno eram idênticos. Os homens e as mulheres livres trabalhavam até às seis da tarde, deslizavam para a ribeira e mergulhavam no esquecimento até à hora de regressar ao barracão para comer o que houvesse se a cozinha ainda estivesse aberta. A cozinha nunca estava aberta porque uma regra astuta e oculta tinha disposto que as cozinhas dos barracões tinham de funcionar a sol, e não a lenha. Portanto, mal o sol se punha, o fumo da chaminé desaparecia e o trabalhador, nome dado ao escravo depois da abolição, ficava à mercê das migalhas poupadas pela companheira. Quem não tinha mulher de companhia passava a noite a ver estrelas, com fome e sem ninguém a quem reclamar.

Os antigos escravos já nem tempo tinham para cultivar seus hortentotes. Os leitões desapareceram dos arredores e as cabras foram vendidas a troco de roupa e comida. Para um trabalhador ver passar o toucinho, era preciso estar doente ou ser chefe de família, casos em que o patrão autorizava o pedinte a levar um naco de carne para o barracão.

Portanto, para um bom trabalhador, meia jornada basta. O Língua entendeu e disse isso aos outros: Agora é que começa a luta pela liberdade. E aqueles que o conheciam perceberam que ele guardava um segredo.

O Língua arranjou uma conchanchana. Ele não dizia concubina porque lhe soava a pomba. Arranjou uma negra linda e calada, terna que nem uma cantiga de ninar.

Se, enquanto escravo, ter uma conchanchana era uma muleta, agora, enquanto homem livre, uma mulher era um amuleto. Mulher de homem livre é tesouro, talismã, esperança e comunhão. Esta última palavra, comunhão, era o segredo dos dias. Comunhão de bens, de cama, de mesa e de caminhos. Mulher de escravo ficava na fila do outro lado, mas, na hora de ir para o campo, iam todos juntos trabalhar. Mulher de homem livre estava do lado de seu homem e, na hora de ir trabalhar, cada um para o seu lado. Mulher virou responsabilidade do homem, homem virou responsabilidade da mulher. O Língua sentiu que, finalmente, tinha uma cúmplice, alguém em quem confiar, com quem podia desabafar. E disse à sua conchanchana: Concha, quem já viveu na mata não suporta o sovaco dos lugares fechados. E Concha entendeu que o seu selvagem não ia ficar por muito tempo. Aconchegou-se nos braços dele e festejaram o momento para lá do ontem e do amanhã. Que seja o que o destino quiser.

Em Falésia é domingo, digo cá para mim, pois às vezes é preciso que eu me lembre disso. Há muito que desconhecemos os dias da semana. Sei que é domingo porque vejo o cisne rabicundo pegar na sua rodada de filhos de uma fileira de mães e dizer-lhes: Vamos passear, meus petizes. E as mães, apreensivas e orgulhosas, vêm apressadas recomendar juizinho aos rebentos: Lembrem-se disto, lembrem-se daquilo, não se esqueçam, o vosso pai é um ministro, um ministro é um homem que está acima do governador e estava abaixo do rei e, agora que o rei morreu, está imediatamente abaixo de Deus. É exactamente esta equação que torna as crianças indomáveis aos domingos. Elas inventaram o seu próprio teorema: Papai é arriba do Governador, Deus está arriba de papai, as criancinhas são donas do reino dos céus, logo, somos mais do que papai. É esta a razão por que estão elas diante de mim a infernizar a vida ao ministro pai: babam-lhe a divisa, mordem-lhe os botões dourados, viram-lhe a pala do chapéu para o toutiço, pisam-lhe os sapatos brancos, limpam seus mucos na camisa dele, tiram a lama no prumo das suas calças, sobem-lhe pelo cachaço, esganam-no e, quando ele geme ou se alivia de algum jeito para não explodir, dizem-lhe: Chiu, papai. O ministro olha para mim, mede com a vista o quanto ainda falta do passeio e diz-me:

— O senhor não é o único condenado deste lugar.

Rimo-nos.

Mas domingo é assim: o padre está a polir o seu púlpito, a batina está esticada no criado-mudo ao pé do hostial, cheira a naftalina, o céu está a tossir de tanto pó de arroz expelido dos toucadores, as mulheres estão aromáticas, as moedas dos responsos tilintam nas algibeiras dos devotos, rodam os meninos pelas ruas num carrossel imaginário e os fiéis começam a sair de casa com os seus bancos. A missa é aqui mesmo, diante de mim: todos os fiéis cumprem este ritual sagrado e dão as voltas na falésia umas atrás das outras até completarem a antiga distância aproximada que antes cada um fazia do seu portal à escadaria da igreja matriz. O ministro vai na sua mula com os filhos: quatro mulatinhos na proa da sela agarrados à crina do animal, mais dois à popa, que levam com uns estalidos do rabo de cada vez que a besta espanta as moscas. O codé, Rafael, vai encavalitado e agarrado à testa do ministro. A pé seguem Simeão, António e os quatro filhos das últimas primeiras quatro mulheres. Lá vêm os recém-nascidos do ministro, o Pingo, quatro meses de idade, os dois da leiteira Malha, com três dias de nascidos, e o último, ainda sem nome, nascido na sexta-feira passada na divisória da Natércia, esta que já vai em oito do ministro. Em falesiano, domingo diz-se dia de criança. Só que não há nomes para os outros dias. Fica assim: dia de criança, primeiro dia de criança, segundo dia de criança, terceiro dia de criança, quarto, quinto, sexto dia de criança, sétimo dia de criança, dia de criança. 25 de Dezembro, caia em que dia cair, é dia de menino-Jesus. 1 de Novembro diz-se dia de todos os anjos.

— Os patrões criaram uma actividade livre e extra a que chamaram faina, uma empreitada voluntária e remunerada, a que os negros chamavam boni. Com essa nova distribuição do trabalho e dos ganhos, o domingo virou um dia de semana igual aos outros. Significava levantar-se tão cedo como na segunda ou na terça, ir à plantação de manhã, capinar, arrumar pedras, limpar a cana, mondar a palha, reparar os canos, o alambique, olear o trapiche, catar carraças aos cavalos e limpar os arredores. O importante era ganhar umas moedas para as necessidades de sempre. Umas moedas, não mais do que isso. Quem quisesse amealhar para outros sonhos tinha de aceitar as implacáveis fainas nocturnas nos locais onde se fazia aguardente e açúcar. Se alguém quisesse, por exemplo, deixar o barracão, educar os filhos ou tentar uma outra forma de liberdade, havia as contrafainas, trabalho de madrugada adentro e sem piedade. Alguns negros chegavam a trabalhar dez horas ao sol, com um pequeno intervalo para a comida, e depois faziam mais uma faina de seis horas, comiam e começavam a contrafaina de mais seis horas, perfazendo uma diária de vinte e duas horas de trabalho. Claro que nada disso era obrigatório, era apenas o custo de sobreviver à abolição.

Há uma multidão de crianças indestrinçáveis a olharem para mim, parecem feitas para nunca se parecerem umas com as outras: os meninos da Isabel são conhecidos porque têm cabelos como lume, os da Natércia parecem porcos-da-índia e aqueles mais franzinos ali são filhos das antigas noviças. Os restantes, ninguém pode dizer de quem realmente são, confundem-se diariamente por aí como filhos de qualquer um e ninguém se importa. A cultura de Falésia é assim, de barriga para dentro cada madre é progenitora de sua cria, mas de barriga para fora os meninos pertencem de nascença à comunidade. Mamam em indistintas tetas, brincam na soleira de qualquer casa, comem onde ao primeiro é oferecido de comer, dormem onde cabecearem, tomam banho onde lhes for dado, vestem a roupa de qualquer um que é de todos e vivem felizes em rodas e grupos como se fossem todos partes uns dos outros. Passam o dia na rua como um colectivo e só se desmancham na hora do regresso a casa. Vão a correr atrás das galinhas e param a qualquer porta da vizinhança onde a galinha pernoitar. Assim, muitas vezes, as mães aparecem-me por aqui a pedir licença para subirem ao palco, por favor, senhor condenado, e eu digo sim, porque assuntos de mãe são sempre urgentes. Sobem cá para cima e gritam em falesiano: De quem é este menino, de quem é este encardido? Fazem--no não para devolverem o menino ao lar, mas para simplesmente saberem o nome dele, porque chamar menino ao menino durante três anos confunde o menino com outro menino, e assim por diante, e um dia eles crescem e a gente já não sabe mais quem é quem. É meu, costuma responder alguém: José, meu codé, por onde andavas, meu badameco? E o menino olha espantado para os braços da mãe original, como se nunca a tivesse visto, e responde: Eu estava com a outra mamãe do lado. Quantas vezes não escutei duas mulheres à conversa e uma volta para a outra e diz: Esse menino que vai na sua mão é seu ou meu? Comadre, tanto faz. Isso sempre me comoveu neste lugar. Há mais de cento e noventa anos que cá estou e o facto é que nunca vi disputas de posse de qualquer coisa. Até mesmo quando uma mãe fica confusa se um filho é dela ou não, de comum acordo fazem uma espécie de leilão. As pessoas pedem à criança que escolha a mãe que deseja; e, pelo odor, o nené público salta para os braços da mãe que mais lhe deu no instinto. As outras aceitam a decisão com o maior regozijo. E não é porque o menino tem razão ou ciência certas, mas porque em assunto entre mães, o nariz do filhote é uma prova irrefutável de maternidade ou gestação. Digo maternidade e gestação porque, aqui em Falésia, o mais importante não é a maternidade ou a gestação em si, mas toda uma cultura em que mãe significa mãe mesmo, não somente aquela que gestou e pariu, mas a que cria. Basta olhar por aí: há aqui mães que amamentam cinco, sete, nove, doze crias ao mesmo tempo e, dessas, só uma ou outra é de sua genética nascente. É de tal modo assim que, em falesiano, mãe é mãe de todo o mundo, é aquela que cozinha para quem passa, lava para quem precisa, acode sem ser rogada e responde a qualquer apelo que começa por ai minha mãe. Gerações atrás de gerações, os filhos impuseram que as respectivas mães quando partilham um mesmo homem, aliás, um único mesmo homem, chamem umas às outras *mana*.

— O Língua tentava encontrar o seu dúbio lugar entre os brancos, que mandavam, os negros, que obedeciam, os estrangeiros, que vendiam, os marinheiros, que passavam, e os crioulos que, dia por dia, cresciam por aí. No meio disso tudo, ele, como muitos, era um homem perdido. Um homem se perde quando o valor do mais sagrado lhe parece pequeno. E o Língua não queria achar isso, mas, infelizmente, era o que sentia. Um homem perdido não encontra nada, porque ele procura tudo lá fora, algo para se agarrar, uma ilusão, um milagre, e tudo o que vê parece, mas não é. Se ao menos encontrasse o que na calada procurava, de repente, tudo podia valer a pena. Mas como procurar? Ele não sabia. Não tinha nem uma pista, nem um nome.

Para já, preparando-se para andar às cegas como as cabras, como disse a si mesmo, delineou uma estratégia: em vez de receber em espécie pelo trabalho, fizera um pedido para que parte do seu salário fosse descontada directamente pelo gerente do armazém para a comida, artigos diversos e bebidas. A outra metade ficaria guardada e ser-lhe-ia entregue quando solicitada.

Foi poupando assim calado. No dia em que a lembrança lhe virou nítida, recolheu todas as suas moedas e disse: Adeus, Concha. E desapareceu. Preferia deambular pelas vilas como negro errante a trabalhar como escravo sem sê-lo, disse, mas a razão era bem outra. A rua era literalmente a rua da amargura. Ele não sabia conversar banalidades nas esquinas, como era moda, dançava mal, jogava muito mal e o resto pouco lhe dizia. Mas não era só isso: havia, no fundo, no fundo, um desgosto. Essa é a verdade.

Cento e noventa anos a contar histórias. Será mesmo esse o tempo que passou? Como haveremos de saber se aqui medimos tudo pelo tempo da história? Dormimos e acordamos sem mais pretensão do que ouvir narrar. Acontece que agora Falésia já introduziu um novo conceito de território e de propriedade no mundo e no tempo. Por exemplo, ainda ontem a vaca do Pastorinho largou seis bostas dentro da zona exclusiva da Letícia, a Letícia recolheu as bostas e fez um defumador contra os mosquitos, o fumo levantou-se como véu dançante e foi arejar a casa do Pastorinho e dos vizinhos que dormiam a sesta. Hoje de manhã, na hora do sol de gema, que é como em falesiano se diz o acordar do sol, o Pastorinho passou no batente da cortina da Letícia, entrou mansinho, aproveitou uma brasa que ali dormia e esquentou o seu café. Enquanto o sorvia quente, disse: Bom dia, senhor tenente. E o pai dos filhos da Letícia espreguiçou-se dizendo: Bom dia, seja bem-vindo, pessoa, mas não me trate por senhor tenente, por favor, e quem é? Sou eu, Pastorinho. Ora porra, Pastorinho, requestou o tenente, nós nos conhecemos desde que eu era cabo, nem conhecia eu a Letícia ainda, e você me trata por tenente? Pelo amor de Deus. Está bem, concordou Pastorinho, mas é como manda a correcção, encontrei-o no seu posto dormindo, nu ou vestido não quero saber, um homem no seu posto deve ser tratado pelo mais alto galardão, toma um gole de café porque hoje é véspera de São João, disse para o tenente. Deixou-lhe a caneca junto às botas e foi-se embora. É um acontecimento normal e corriqueiro em Falésia. Já presenciei galos saírem pavoneando-se dos seus poleiros e irem galar sem pena nenhuma as galinhas das casas vizinhas.

Igualmente, as galinhas cacarejam onde deixam os ovos e ninguém se importa em saber de quem eram os grãos que a galinha pipocou. Aliás, certos animais vêm acasalar em cima do palco do fuzilamento. Já me aconteceu várias vezes ter de lidar com situações delicadas. Por exemplo, quando vou de cá para lá na minha história, pisar ovos de codornas e escorregar-me em úberes recém-expulsos é frequente. Confesso que o único culpado sou eu. Remordido, chamo pelos donos dos animais: fulano, sicrano, e há sempre um voluntário que vem a correr para limpar a clara e a gema feitas uma só sob os meus pés de condenado. Apenas diz: Esses animais adoram o senhor. Outras vezes, as minhas sandálias amanhecem cheias de cocó de galinha e de pato. Alguém se aproxima, pede licença, esfrega o couro dos meus sapatos e diz-me: Devem ser da galinha da vizinha, as minhas não são tão porcas. Eu não me incomodo em ser cagado, oxalá todos os condenados à morte fossem condenados a serem cagados pelos pássaros e as aves dos seus sítios. Apenas fico atarantado com os *pios pios pios* que me atrapalham a história. Quero enxotá-los, mas o povo diz-me sempre: Pertencem-lhe, senhor condenado, os pipis são seus. Até aprenderem a piar em falesiano, que normalmente acontece ao terceiro dia com o bater das asinhas, tenho de conviver com o pipilar de recém-saídos de casca. Pareço S. Francisco de Assis. Cada dia há mais chocadeiras cá em cima. O mesmo acontece no mundo vegetal. Aqui na falésia algumas árvores de frutas têm o pé dentro de um quintal e dão frutos no outro. Socialmente, Falésia é reflexo das ilhas, onde há uma cultura de intimidade única no planeta. Conheci casas com uma só divisória, ou quartos sem portas, apenas com uma cortina, onde os casais fizeram doze ou catorze filhos no maior respeito e segredo. Parece genética essa tendência de gestão do espaço. Não sei explicar, mas talvez se deva ao facto de aqui sermos todos descendentes de gente dos porões, das prisões, das casernas e dos barracões, lugares onde propriamente não havia assim grandes suítes reais, camarotes imperiais, celas faraónicas ou coisa parecida. Aliás, entre nós, nem existe essa coisa de quarto de criança para os rapazes e quarto de criança para as meninas, nem berços e beliches para os que acordam durante a noite para irem ao penico. Há apenas uma noção celestial do limite de cada um. Isso impressiona-me. Às vezes, uma moça sai do banho de trás de uma cortina, estende a mão para a rua e tira a primeira roupa que estiver no estendal, enverga-a e depois sai catita para o pátio da execução e diz-me: Bom dia, senhor condenado. Mas como aqui não há timbre de voz, olho para o vestido de chita e respondo: Bom dia, Maria. E a menina acena sorridente e me cutuca: Você se apaixonou por Maria ou quê, senhor condenado? Eu sou a Filipa. Talvez nem a própria Filipa tenha reparado que estava trajada de Maria, o que é normal e corrente por aqui, se fundir sem se confundir é normal numa ilha. Por isso é que existe um único vestido de noiva para toda a população feminina em idade casadoira. Quando há dois ou três casamentos em simultâneo, as prometidas chegam a trocar de vestido em cima do palco, numa cumplicidade inverosímil mas verdadeira, numa atitude tão casta e desapegada que, às vezes, chego a pensar se alguém ainda não vai partilhar esta morte comigo.

— O Língua andava desatinado atrás das mulheres, estava caninado, diziam-lhe. Parecia em busca do tempo perdido, mas tinha sempre um tempinho para um galanteio, gostava de meter conversa, perguntava muito e sempre prometia voltar. E, para elas, ele era um homem especial. E elas competiam: havia-as agora libertas pela recente ascensão dos novos ricos, havia-as oferecidas pela recente falência das velhas famílias e havia-as doidas porque os homens escasseavam. Elas vinham enfeitadas com tudo para seduzir, desde frutos secos a artefactos de funileiros, corpete, combinação, blusa de renda, camisa, vestido com cordões e nós multicores, bugigangas das terras da Holanda vendidas ao desbarato nas feiras. E, se tudo aquilo parecesse pouco a alguns homens distraídos, certas mulheres tinham a dose requerida para eles, traziam a reboque um chumaço, uma espécie de anca sortida que se juntava à cintura para fazer as coxas bambolear como danças de golfas. Também havia mulheres que pareciam trazer ao peito uma camela por causa dos aumentos nos seios com artimanhas monumentais. Os escravos recém-libertos não tinham ciência para decifrar que aquelas mamas não davam leite e que aquelas perucas eram cabeleiras que nem por engano podiam ser daquelas negras. Todavia, como até então ninguém tinha ouvido falar em moda africana, as brancas acharam aquilo exótico e também aumentaram a medida dos soutiens. Histórias que se repetem ao contrário. Pois séculos atrás foram as europeias que chegaram na Baía de São Salvador toucadas com faustosos turbantes. As negras locais acharam chique e passaram a usar também. Não sabiam era que, na verdade, uma epidemia de piolhos a bordo tinha obrigado a que todo o mundo se rapasse e o turbante fora improvisado para que as europeias não desembarcassem carecas no novo mundo.

Lembro-me perfeitamente do meu primeiro susto quando cá cheguei, já se passaram cento e noventa e dois anos. O boi do José de Cruz trepara a vaca do Pastorinho dentro da capela de S. José e partiram durante a canga todos os santos de barro da freguesia, a saber, S. José, o santo dos cangalheiros e dos gatos-pingados, S. Cláudio, com o seu cachimbo, Santo Anselmo, o dos livros, S. Jorge, o santo dos cavaleiros, Santa Brígida, aquela esventrada por uma vaca no Circo, S. Crispim, com o seu par de sapatos nas mãos, e Santa Ana, a mãe da Virgem Maria, com seu manto verde. Tudo reduzido a pó. Os donos estavam amedrontados por causa da resposta imprevisível dos fiéis e da igreja. A paróquia, sem dizer nada aos proprietários dos animais, pagou a vinda de novas imagens. Meses depois, os donos dos gados foram silenciosamente à capela e entregaram ao padre Cruz uma linda bezerra que recebeu o nome de baptismo de Armagedeão. Esse dia ditou o que é a alma dos falesianos: as crianças de Falésia encontram centavos no chão e levam-nos a correr ao Cabo Falinha, que anuncia o achado à multidão para que alguém venha recuperar a sua fortuna. Contudo, um troco mal passado na padaria faz com que Genália não coma pão há setenta e nove anos. E não como pão, diz ela, porque estou à espera de que o assunto se esclareça na confissão. Cá vai a vizinhança dizendo, Genália, perdoa o Menininho, foram dois centavos de troco mal passado. E ela responde legitimamente: Não é rancor o que tenho do Menininho, é dúvida, e com dúvida não se deve perdoar ninguém porque corro o risco de cometer uma injustiça. O Menininho é que tem de me perdoar, se ele tem a certeza de que fez bem.

— Não encontrando na rua o que procurava, o Língua começou a frequentar os bailes. E, por fortuna ou azar, foi num desses bailes de irmandade que encontraria a fêmea que lhe faria subir o sangue à cabeça. Ela parecia uma gazela. Ele não aguentou e convidou-a a uma bebida. Ela disse sim. Terminaram a primeira bebida, a segunda e a garrafa. Cidra, disse ele. Nome bonito, disse ela. E, por falar em nome bonito, o meu é Esteban Montejo, disse ele. Ela não contestou. Mas, copo daqui, copo dali, disse-lhe o Língua: Seria bom se fôssemos lá para fora apanhar um vento e saber mais um do outro. Sim, disse ela. E souberam tanto que, horas depois, no arvoredo circundante já só se ouvia o chocalhar das pulseiras e dos colares. Esteban não lhe perguntou o nome, ela não lho disse, ele começou por chamar-lhe Gazela e ela gazela ficou, ele ofereceu-lhe flores, cocos e frituras, ela ofereceu-lhe um banho na ribeira. E entraram os dois como um nó na água clara.

O velho ministro parece um cisne de gesso, a mula morreu, os carunchos petiscaram a secretária, o lado mais antigo de Falésia é hoje uma creche de velhos funcionários e atiradores do reino. E digo creche porque em falesiano não há palavras para dizer asilo nem orfanato. Esta é talvez a minha maior aprendizagem neste lugar, isto é, não existem nem símbolos nem signos para dizer asilo e orfanato. Nunca houve orfanatos por aqui e por cá não nasceram asilos. Os velhos, como as crianças, pertencem à comunidade. Às vezes, um velho é trazido ao palco e quem o traz pergunta: De quem é este envelhecido? Não para devolvê-lo ao lar, mas simplesmente para saber o nome dele. Pois todos são chamados tios e chamar tio ao tio durante noventa anos confunde o próprio tio com outro tio e, com o tempo, já ninguém sabe o tio de quem é. Já ouvi várias vezes alguém responder: É o papai. E o papai olha espantado para os braços do novo filho como se nunca o tivesse visto. É assim a vida aqui em Falésia.

— O Língua desabafou entre um prazer e outro: Mesmo que uma pessoa não creia em nada, como eu, respeitar as religiões é sagrado. Gazela ficou arregalada, não pela frase em si, mas porque ser ateu era para ela uma inexistência de pensamento. Ela nunca tinha ouvido falar em não acreditar em Deus. Ficou arrepiada. Santa Ana, S. Tiago, S. João, S. Jorge, S. Filipe, S. Pedro, S. Paulo, Santo António, São Domingos, Santo Amaro Abade, Santa Catarina, eram as palavras mágicas que folgavam os trabalhadores nas plantações, fechavam as fábricas, paravam as caldeiras e os alambiques e convertiam o campo num enorme relicário. O Língua acrescentou: Eu não creio. Esses padres seduzem as mulheres brancas, fazem-lhes filhos e depois chamam-lhes afilhados e sobrinhos. Mais da metade dos meninos sem pai que anda nesta ilha é filho de padres, sabias? A outra metade é de filhos de homens negros que as mães brancas escondem com a ajuda dos padres, sabias? Gazela benzeu. Credo, disse, pareces um fujão, um selvagem. O Língua respondeu: Pareço, não, sou um fujão. E Gazela piripaque. Caiu seca como um molho de lenhas. Desmaiada que nem gemada, como se dizia então, ficou a suar frio, e não estava a fingir, porque estava nua. Estava naturalmente desmaiada. O Língua agachou-se e sussurrou: Gazela, Gazela. E ela começou a vir de longe como uma nuvem de visita. Acordou e perguntou com voz lânguida: Então, não és cristão? Sou, sim, respondeu o Língua. E ele estava a falar a verdade, pois cristão toda a gente era por lei.

O tempo não engana o corpo. Os nossos velhos estão a apagar-se. O padre José está diante de mim, sentado na sua cadeira côncava de lona. Não ouve, não vê, não fala, não caminha, apenas ressoa e acompanha a história do Língua. Parece viver no ontem. Mas ninguém aqui em Falésia gere tão bem o presente como ele. Há dias abriu os olhos para o nada e disse em latim falesiano: *p u l v i s*. Pareceu um desabafo saído do absurdo, mas na verdade estava a corrigir com duas semanas de atraso uma extrema-unção que o sacristão mal ungira. O sacristão dissera *p o l v o*. Todos o vimos e o gesto não engana: o sacristão abriu as mãos e puxou os cinco dedos para fora como se estivesse a mungir as tetas de uma vaca. Então fica corrigido, disse o padre José: Não é *polvo*, é *pulvis*. O sacristão, porém, não aceitou a correcção, levantou-se cordato e firme e mostrou que tinha copiado os gestos do próprio padre José. E então, em que ficamos, é polvo ou é pulvis?, perguntou em tom de desafio. E o padre respondeu: pulvis. E esfregou os dedos como tirando restos de barro ou de pão: Polvo é um molusco cefalópode de longos tentáculos, e pó é aquilo a que todos nós retornaremos. Pois é, disse o sacristão: É a primeira vez que vejo o gesto de frente, andei a vida inteira atrás do senhor, he he. Pareceu-me um acontecimento insignificante, mas isto explica como é que se distingue um falesiano nascido cá de outro que para cá veio: os primeiros são todos canhotos, pois nasceram a olhar para mim como se eu fosse um espelho mágico. E para a união de todos, destros e esquerdinos, o gesto de apertar as mãos é do mais profundo, é como pronunciar *namaste*.

— O Língua começou a perceber que Gazela tinha um problema. Aquela mulher linda e esbelta que o levara um dia ao rio era uma agualérgica. Aquilo de tomar banho na ribeira com roupa e tudo no primeiro encontro fora fogo de vista, ritual higiénico que só acontecia de S. João em S. João. Entressanto, ela cheirava a alho dos ombros aos pés. E por causa disso, ao que parece, o fogo esfriou e o Língua tomou novamente o caminho da rua. Digo ao que parece, porque o alho podia ser apenas um pretexto.

Não tardou, o Língua estava com outra mulher a tentar complementar a liberdade. Desta vez, a eleita era uma daquelas mulatas que no dizer popular não deve nada a ninguém. Era simultaneamente uma mulher bruxa e uma bruxa mulher, profissionalmente bruxa, para ser mais concreto. Evocava o diabo até na cama, tudo para prender o Língua como um fauno amestrado. Por isso, a vida dos dois foi um inferno. Crente na macumba, ela esqueceu-se do encantamento. Fez tudo menos aquilo que devia ter feito para amarrar alguém, amá-lo. O Língua aguentou, analisou, comparou, tirou as suas conclusões e disse: Não é o que eu procuro. Ela não acreditou. Um dia, amanheceu sozinha na cama e nunca mais viu o seu fujão.

E a frase do padrinho soou como um tímpano: na ânsia de termos aquilo que desejamos, às vezes, acabamos por atrair aquilo que não queremos.

Parecia praga e era. O Língua foi atraído por outra mulher. Era a mulher mais preta que ele alguma vez vira. E isso intrigou-o. Tão preta era a mulher que parecia não querer parecer. E foi o que o Língua lhe disse: Você é muita preta, mulher. E ela, toda vespertina, correspondeu como convinha: Ainda só viu o que os olhos alcançam, negro, devo ter partes ainda mais escuras. E o Língua caiu babado nos braços dela. Durante três anos não largou o rabo da saia da Preta nem para ir trabalhar. Era mesmo para crer que só agora a bruxaria da outra mulher andava a surtir efeito. O Língua não estava a perceber, mas virou o homem mais submisso da ilha. O trabalho então era satisfazer os mais extravagantes caprichos da Preta, de tal modo que ele virou ao mesmo tempo angustiado e feliz, azarado e contente, imprudente e lúcido, renegado e pesaroso, como todo o homem arrebatado. Pior, não conseguia sair dali. Se a paixão tem fogo, o corpo tem lume. Mas, um dia, ao olhar para um caco de espelho, teve um espanto tão grande que, então, para salvar a pele, ou o que restava, vestiu-se, pegou nas sandálias e desapareceu. Como nunca ia sem dizer adeus, assobiou e, sem virar a cara, acenou. Nunca soube se foi correspondido. Mas dali saiu com a determinação de nunca mais voltar a cair nos braços de uma mulher.

"Nós não queremos fazer história, queremos ouvir história" é o que está escrito na porta de Falésia. Deixem-nos em paz é o que a placa quer dizer. Em Falésia, nós nos governamos mutuamente e tudo aquilo que indica domínio de um sobre o outro está extinto por convivência e por esquecimento. Falésia é inédito, belo, imprevisível e impagável. Vivemos dentro de uma história, aprendemos relaxadamente que uma história é habitável e já não há nenhum falesiano que consiga viver fora desse universo. Aliás, ninguém aqui sabe sequer que isto é possível. Hoje em Falésia cada um leva em si e exclusivamente uma parte da história. Aliás, aqui se diz história nossa de cada dia.

— O Língua retirou-se para a sua casinha nos arredores. Tinha pensado muito na liberdade, muito no amor e, agora, entretinha-se lembrando-se de quando contava os anos. Os escravos eram vendidos por *peças*. A peça era um escravo jovem entre 15 e 25 anos de idade, com a altura média de 1, 75 m, ou duas crianças de 4 a 8 anos, ou dois adultos com mais de 35 anos ou ainda três jovens de 8 a 15 anos. Três adultos de 25 a 35 anos contavam como 2 peças.

Salvara-se de tudo aquilo. Pois, quando fora vendido, mesmo aos sete meses, tivera distinção de boa peça, sozinho. Aos quinze anos, valia por si, sozinho no monte. Aos vinte e cinco, era homem livre, dono de si. Nunca fora em magotes. Agora adeus, rua, vou envelhecer em paz, disse.

— Para o sustento, o Língua só precisava de um trabalho. Ouviu então falar de um escritório que recrutava gente e foi ver o que era. Fez a fila, entrou e, mal abriu a boca para falar, disseram-lhe: Seu papel, negro, a identificação. Esteban não tem, respondeu. E disseram-lhe: Não tem e tem de ter.

O papel era uma artimanha que um antigo governador inventara para tramar os negros. Não o nosso Governador, um outro, um homem rancoroso, com um nome intrincado e longo como se não fosse morrer nunca. Era temível, açoitava com suas próprias mãos quem ele pegasse sem o tal salvo-conduto. Um dia, apanhou dois negros na orla do caminho, levou-os à caserna dos polícias e deu-lhes uma chuva de estalos de chicote de tal modo violentos, que os pobres ficaram como tombados de um desfiladeiro. Nenhum negro era gente sem um troço de papel amarelado.

O Língua pensou, pensou, olhou demoradamente para os guardas e disse: agora é que o rabo torceu a porca. Pois sabia que arranjar papel era outro suplício.

Ser falesiano é ter alguém para contar e alguém para ouvir. A única condição para o nosso gentilício é que sejamos capazes de imaginar e de ter fantasias. A relação entre os homens começa sempre com uma pequena história. É essa essência que tem feito deste lugar um novo lugar mundo. Não precisamos sair do lugar para conhecermos o mundo, o mundo vem sozinho cá ter connosco: o indiano Belchior traz o ouro e troca cada barra por dois contos, não contos de reis, que são dinheiro de Portugal, mas contos de mago; o etíope Gaspar traz mirra, o árabe Baltasar traz incenso, e o comércio dos mundos se dá na maior paz de Deus neste lugar. Os árabes falam uma língua antiga em que todas as palavras têm uma sílaba de catarro. Participam nos presépios e nas festas de romaria, dançam com as mãos e com os ombros, fazem muito chá e esbanjam fantasias que nos levam a outros mundos. Nas esquinas há sempre um chinfrim de putos sujos como toupeiras a correrem atrás de Dunga, Zangado, Atchin, Soneca, Mestre, Dengoso e Feliz. E ninguém leva a mal. Até porque são os próprios chacoteados que se desculpam dizendo: zangar corrói os ossos.

— Não encontrou trabalho nem papel, como era de esperar, mas encontrou aquilo que abundava, outra mulher na rua. Custava-lhe quebrar um juramento, mas quem já foi escravo sabe que ninguém sabe onde está o detalhe que muda a sorte. Olharam-se com vagar e descaso. O Língua conhecia os códigos para os assuntos mais sérios. Diz-lhe: Está calor. Se ela for na conversa, vai esperar na balaustrada da choupana para te ver passar e tu fio, fio, assobias, ou psst psst, chamas. Se ela sorrir, tu atiras-lhe uma pedrinha, como se lançasses grãos ao vento. Se ela as apanhar e guardar, tu já estás praticamente casado. Senão, é um sinal de desprezo. Estas eram as regras. E o Língua arriscou a primeira pedra: pedra atirada, pedra guardada, outra pedra atirada, outra pedra guardada. Quando se encontraram no dia de Nossa Senhora da Ajuda, ela aproximou-se e disse-lhe: Olha negro, guardei todas as pedras que me atiraste. O Língua pegou-lhe na mão e perguntou: Chegam para construir uma casa? E ela respondeu com a frase mais inesperada que uma mulher negra podia dizer a um homem: Virás à minha casa. No dia seguinte, apareceu Esteban Montejo em casa dos pais da rapariga, ciente de que era uma visita de homem para homem e não de homem para mulher. Entre saudações e cafés, o pai deu à filha a palavra para dizer o que secularmente se diz nessas ocasiões. Ela não foi a excepção: Não conheço esse homem, disse, mas vou pensar. O Língua sentiu pela solenidade do acto que na etapa seguinte encontraria, de certeza, seis cadeiras de mogno à volta da mesa, uma cama grande com lençol branco, uma mala e uma bateria de cozinha com pratos, canecas, colheres, caldeirão, bule, bindes, panelas e acessórios à espera dele. De certeza que também estariam um vestido de noiva, um vestido de casa, um pano e os conselhos de toda a família. Desta não teve necessidade de se despedir. Não apareceu ao segundo encontro. Apenas confirmou que o seu capítulo com as mulheres tinha terminado.

Tento calcular há quanto tempo estou aqui e não consigo. Não por fraca memória ou estupidez, mas porque abolimos a noção do tempo e só temos lembranças das nossas lembranças das nossas lembranças. As nossas referências são os acontecimentos, e não as datas dos acontecimentos. Por exemplo: quando um cometa passa, tenho uma referência para a minha idade, quando há um eclipse, quando as baleias encalham, quando o vulcão explode, o calendário se faz. Mas já vi tantos eclipses e tantos cometas que os tempos parecem siameses.

Para além dos trabalhos normais de sobrevivência, como lavar a loiça, catar a lenha e aventar o lume, nasceram aqui profissões das mais inverossímeis: plantão da história para a hora dos afazeres urgentes, catador de episódios para situações de pressa, abreviadores de enredos para ausências justificadas, serviços de narradores e tradutores para os novatos estrangeiros, escalas de vigias para noctâmbulos, quadros de pessoal para arquivo mental. Existem os auxiliares para frases desconcatenadas, assistentes públicos que acordam sob encomenda os dorminhocos empedernidos, despertadores estagiários para verbos mal conjugados, fiscais para nomes trocados e sentinelas para tiradas sonâmbulas e outras mordomias.

— O Língua estava sentado a pensar na vida quando, de repente, ouvindo um farfalhar, levantou a cabeça e viu uma mulher que mais parecia uma relíquia. Era uma negrona que se sentava em duas cadeiras. Ele voltou a olhar para o chão. Ela veio como um destino e plantou-se diante dele. Cheirava a manjericão. Olhou-o com candura, pegou-lhe no queixo, olhou-o bem nos olhos e, com toda a seriedade deste mundo, disse-lhe: Negro, quero que te cases comigo. Foi tal o espanto que o Língua deu um salto e respondeu: Nuncamente. Mas a mulher sorriu e disse com uma meiguice da mais cantante: Negro, nunca digas nunca.

Para encurtar esta parte, que é a melhor de todas as com mulheres, quando Relíquia lhe rasgou a camisa com os dentes, desabotoou as calças e começou a chamar-lhe meu macho, mas macho no sentido de burro velho, obediente, sisudo, para grandes cavalgadas, o Língua percebeu em que mar estava então a nadar. Caiu em cima do travesseiro como um general aposentado, as duas mãos para o lado, a boca aberta, os olhos no tecto e com uma sonolência irremissível a soprar-lhe nas pálpebras. Só que, antes que tivesse tempo de ressonar, Relíquia agarrou-lhe novamente no queixo e disparou: Negro, quero que herdes a minha casa. E o Língua: O quê? Isso mesmo. E ela voltou a cambaleá-lo. Só na manhã seguinte soube o Língua que a Relíquia era a tal mulher negra que todos os homens queriam. Ela tinha um casarão com uma fila de quartos na rua onde passava o Governador, tinha ouros, propriedades, poupanças, etcétera e bem. Ele disse: Olha só como são as coisas: poupei a vida toda para um dia sair do barracão e ter casa própria, gastei tudo à procura de quem levar para essa casa e agora, de repente, uma mulher me oferece tudo de mão beijada.

Eis que chega a novidade que me deixa abalado: morreu o Governador. Estou abalado, sinto um violento choque de saudade, mas mantenho-me no meu posto, faço o que devo fazer, introduzo o aviso na narração, toda Falésia pára por um momento, e digo-lhes:

— Falesianas e falesianos, o nosso querido Governador parou.

Vamos enterrá-lo com todas as suas pertenças, pertenças que já não são mais úteis nos novos tempos de Falésia, tempo em que a varinha de condão, o tapete voador, a cartola generosa, os baralhos, o sapato cintilante estão a gerar aplicações e conexões que vão para além da matéria dos paletós, dos graus das divisas, das fivelas dos braceletes e de outras decorações. Estou triste e sem quase voz. Só agora entendo e compreendo a razão por que andava Falésia naquela limpeza: devem vir altas comitivas e ilustres figuras de outros mundos dizer adeus ao Governador. Vejo o séquito dos seus filhos sentados a soluçar, todo o aranzel das suas quarenta mulheres legítimas a carpir com as mãos à cabeça, toda a legião dos funcionários com as suas fardas mofas a tresandar azedume, toda a curiosidade e o medo dos meninos à espreita, e eu tudo quanto lamento é o Governador não ter podido esperar pelo fim da biografia do Língua. Contam-me que ainda mandaram chamar o enfermeiro e o médico, mas estes, mais para lá do que para cá, pouco puderam fazer, mediram-lhe o que restava do pulso, puseram-lhe o estetoscópio sobre o peito, nas costas, mas nem um sonzinho ouviram. Talvez até houvesse ainda um clic como um estalo de unhas, mas aqueles ouvidos entupidos de vetustez nem um trovão escutariam. O médico ainda acendeu um fósforo diante das narinas do Governador, mas a chama nem se mexeu, abriram-lhe então os olhos, mas viram apenas uma vista apagada. Verificaram-lhe as pontas dos dedos e viram que estavam roxas, e então disseram--lhe de caras, o senhor Governador me desculpe, mas o senhor está muito morto, e deram a vida por encerrada, de seguida, chamaram o escrevinhador de serviço e pediram-lhe, por favor, senhor escriba, prepara o canhenho do senhor defunto. E morto final.

E lá vai o nosso Governador na horizontal sobre o ombro de quatro anciãos em condição válida, ele que até tinha cá entrado na vertical sentado no ombro de dois matulões, assim é a vida e a vaidade, agora está exposto para a despedida eterna, ele apenas e as suas medalhas, a sua espada de bronze, a sua cruz de prata, o seu cinturão de cabedal com fivelas escudadas de castelos mouros, o seu par de sapato que nunca pisou o chão e nunca mais pisará, o seu traje de gala com botões forrados de terciopelo, os seus carimbos, seus pisa-papéis, suas lacas, sua garrafa de aguardente de cana, moedas, diplomas, anéis de aliança e um monte de lembranças que as suas diversas mulheres foram depositando entre desmaios e olhares compassivos. Coitado do nosso Governador, homem bom como ele nem o Lázaro. Entretanto, uma coisa nos dói: das vetustas Cortes dos olvidados pedros e felipes, nem um sinal de condolência, nem um mensageiro de nenhuma classe ou governo. Para dizer a verdade, também não faz falta. Aqui em Falésia podemos chorar de saudades, mas não de apego.

Vejo o meu caso: saúdam-me todos os dias uns meninos, e eu já sei o que querem dizer quando me dizem tio condenado. Pois foi essa a minha combinação com as respectivas mães, eu disse-lhes de cabeça fria, não acho justo uma mulher ficar grávida de um condenado à morte, isso nunca aconteceu na história da humanidade. Nenhuma criança deve ser gerada órfã, portanto, ensinem-lhes a chamar-me tio e isso é bom, fica simples e híbrido, porque o que conta é o afecto, sem adjectivos, cargos ou apelidos.

— O Língua passava a vida a pensar e a falar sozinho: Uma casa, negro? Melhor, um casarão? Não posso acreditar, uma casa com várias divisórias, fontenários e esquinas para capoeiras, pocilgas e plantas de chás, um cubículo para granelar milho e feijão, despensa para guardar barris e toucinho? Olha a vida: as mulheres com que estive nunca quiseram filhos, as outras com quem me embrulhei nas festas nunca souberam dizer-me se o filho era meu, agora, olha-me aqui, com tudo, mas com uma mulher que não pode ter filhos. Coisas do destino.

O que tinham em comum era que Relíquia adorava ouvir histórias e o Língua, contá-las: por exemplo, um dos meus antigos vizinhos teve brasa ardente a sair-lhe do braço direito durante mais de dez anos. Acendia os fogões aos camponeses, pegava os cigarros aos amigos e aplaudia artifícios. Sorte, porque a mesma chama a sair do braço esquerdo significava morte iminente. Outro homem disse que via todas as noites uma luminária que aparecia e desaparecia como um cometa zarolho. A chama dançava, fazia adeus e ia-se embora como caravelas de lume. Havia também uns homenzitos que nasciam nas ribeiras e só eram vistos quando saíam para apanhar sol. Eram uns negrinhos do tamanho de um pião, com mãos de vaqueiros e pés de orangotango, sambos e arcoados, com a cabeça achatada como as rãs. Também havia as sereias que saíam do mar no dia de S. João e montavam a crista das ondas, ficavam à tona da água a pentear-se e a seduzir os homens. Quase todos os anos elas levavam um pescador para debaixo dos seus lençóis de água lá para as profundezas do mar, ficavam com eles algum tempo e depois devolviam-nos fresquinhos como limo.

Havia também as feiticeiras, mulheres que eram gatos no telhado, galinha preta na manhã, faíscas nas paredes. Os homens barravam-lhes o caminho com mostarda e sésamo e apanhavam-nas com balaios de canasta. Muitas foram caçadas e obrigadas a despir a própria pele, como fazem as víboras. No mundo dos feiticeiros eram os cavaleiros sem cabeça, senhores de alma em pena que erravam pelas plantações. Uma vez, até encontrei um no meio do caminho. Era um cavaleiro decapitado que me disse: Negro, vai ali em baixo e encontrarás dinheiro. Fui convencido e valentão ao lugar indicado, mas só havia carvão de lenha. Era um morto brincalhão.

Continuou: contou que um dia estava a andar à deriva pelas ruas e, de repente, viu diante de si um velho congo. O velho gritou-lhe: Ei, crioulo. Sentiu um arrepio, olharam-se como uma mesma pessoa e disseram em simultâneo, como eco do eco: Você precisa de mim. Não passou muito tempo os dois tornaram-se inseparáveis.

Cada homem pode criar o seu próprio diabo, disse-lhe o velho congo. Vai ali em baixo e vais encontrar uma prenda que eu te dou. Lembrando-se da história dos espíritos catadores de fortunas, pensou em dinheiro, mas quando chegou ao local indicado pelo velho não viu nada. Voltou para o velho e disse: Não há nada. E o velho contestou: crioulo, tu és um negro imbecil.

Inspirou, olhou para Relíquia e disse: Surpreendentemente, o velho meteu a mão no bolso, tirou um trapo e comentou: Olha bem, crioulo, isto que tenho nas mãos será a tua salvação. E ofereceu-me uma nesga de trapo. Matutei durante um bocado e perguntei-lhe: Como é que cada homem pode criar o seu diabo, velho? E o velho, que aguardava pela pergunta, contestou: Eu te ensino a parir um diabinho e depois tu o crias como um diabo caseiro, um satanás de estimação, e ele será o teu omnipotente, não aquele que tu pões a mão e ele te ajudará, mas um que te ajudará sem precisares de pôr a mão. Mas é preciso coração de pedra, crioulo. Sou fujão, disse-lhe, Sabes matar?, perguntou o velho. Sei, só que nunca matei ninguém. Matarás, concluiu o velho. Então passámos ao parto do diabo: Escuta, crioulo, vais buscar um ovo de galinha, fazes-lhe tum tum tum, põe-no ao sol durante três dias e, ao terceiro dia, o ovo emanará uma quentura medonha, é o feto do diabo em gestação, já lá está, agora vais guardar o ovo debaixo do sovaco durante três sextas-feiras seguidas e na última, ao meio dia, a casca se rompe. Dito e feito, contou à Relíquia: A casca rompeu-se e, para o meu espanto, em vez de um pintainho amarelinho, irrompeu do ovo uma iguana. Iguana?, estranhou o velho, o teu diabo rasteja, credo, não nasceu de pé? Nasceu de pé, sim, respondi. Ah, disse o velho, então está bem, é um diabo sem defeito, vai e cuida dele. E depois?, perguntei. Depois, respondeu o velho, embrulha-o naquele trapo que te dei, rega-o com vinho de sete em sete dias e guarda-o de olhos bem abertos para que não se escape, porque esses diabinhos adoram a barafunda, não resistem ao cheiro da desavença e quando sentem rebuliço agitam o rabo como se tivessem comichão e festejam. Mas tu não deixes que isso aconteça, amansa-o, dá -lhe um nome por que o possas chamar sempre que precisares e usa-o, chama-lhe diabolim, ou coisa assim, basta que lhe digas, diabolim, diabolim, quero isto para mim, e o pedido será satisfeito na hora, não peças coisas gulosas como alguns desalmados fazem, pede comedidamente uma mulher bonita, uma garrafa de aguardente, umas peúgas, dois jogos de ceroulas, seis números da lotaria, um trabalho menos forçado, uma papeira para o taberneiro, moedas enterradas, enfim, essas coisas, e verás. Tudo funcionou na maior perfeição. Tão bem que comecei a interessar-me por histórias comuns de criadores e portadores de diabos. Foi então que soube de coisas que eu desconhecia, de notícias de gente que desaparecia como um pé de redemoinho, de pessoas que se evaporavam apenas por estarem diante de alguém que bebia um café quente e fez fu e o ar levou-lhes a alma. Comecei a sentir medo. Comecei a perceber a equação do pacto: o diabo dava, mas também pedia. Havia diabos soberbos, diabos de boca fina, diabos luxuriosos que não se contentavam com qualquer osso, que não queriam ser tratados como diabos vira-latas ou assim. Havia diabos *bon vivant* que não aceitavam por aí qualquer charuto de tabaco mangrado, ou aguapés mal destilados ou mixórdias de alambique. Não, exigiam produtos de primeira e se o pagamento fosse em género humano não aceitavam um sarnento qualquer ou um bêbado de beira da estrada. O pacto era um contrato de mordomias e os juros eram impiedosos.

Continuou o Língua: A iguaninha bípede de outrora deixou de se subordinar aos desejos do seu criador, o diabolim sentiu-se subido no escalão infinito dos demónios influentes e a coisa começou a ficar preta para mim. Tive de procurar o velho. Acho que o devíamos soltar, disse-lhe eu. Estás destutanado, crioulo?, assanhou o velho, um diabo por aí à solta, já imaginaste? Tu nem imaginas o que é um diabo abandonado, o demónio põe fogo nisto tudo e senta-se a rir, já ouviste falar de um tal Nero, um romano? Foi um diabo que ele tinha que lhe deu as vitórias, as mulheres e os vinhos todos, depois ele soltou-o e o mafarrico fez aquilo que se conta. Não se solta um diabo por dá cá aquele fogo. Portanto, guarda o teu, costura as tuas calças com bolsos até aos joelhos, faz-lhe um sacotelo, leva-o às costas, dentro de um surrão, debaixo do chapéu, dentro da camisa se não tens cócegas, mas não soltes nunca o teu bichinho, ele incendeia o mundo.

E eu guardei o segredo até hoje. Mas um diabo é segredo demais para uma alma só. Relíquia ficou pasmada. E eu não aguentava mais, continuou o Língua: a questão é: como é que se mata um diabinho? O velho contestou-me: Não se mata o que está morto, se tentares, o que acontece é que o rematas e, então, o teu diabo fica mais resistente, entendeste? Entendi. Velho, disse-lhe com os músculos da cara em pé: Então quero é que tu me mates, velho. Eu não te vou matar, o teu pacto com diabolim termina quando tu lhe entregares a alma de livre vontade, crioulo, a escolha é tua. A escolha é minha?, então o senhor verá, disse-lhe.

Água. Água, sábia lembrança dos tempos do barracão, limpa tudo.

Assim, não fiz mais do que esperar pelo melhor momento: numa tranquila manhã de maré cheia, fui até à beira-mar — tem que ser bem longe de casa — e, mal me aproximei, senti uma comichão terrível na mão esquerda, pois é o que se sente com as coisas de feitiço, é um aviso. Fiz nela uma cruz, meti-a no bolso e, op, o diabolim deu um salto mortal lá para dentro. Tirei rápido a mão e arremessei o diabinho na corrente. Adeus diabo, disse-lhe.

Olhou para Relíquia e concluiu: Foi o dia em que me senti finalmente livre. É preciso libertarmo-nos de tudo, até de nós mesmos, para podermos ser felizes.

Relíquia ficava em lágrimas sempre que ouvia as histórias de Esteban por Esteban. Amava-o e sentia que ele também a amava.

E o Língua pensava: na vida é preciso termos bom carácter, isso não tem importância quando vivemos sós, mas como ninguém vive só, o melhor mesmo é ser agradável e não se zangar por tudo e por nada deste mundo. Se eu fizer a conta de quanto poupei no barracão, eu podia hoje ter a casa com que sonhei, a família que eu quis formar. Mas, gastei tudo com a soma de todas as mulheres que eu encontrei pelo caminho. Aliás, poupei para isso, para procurar uma mulher, porque sem ela a minha vida de homem livre não teria sentido. Paguei bebidas, paguei conversa, paguei cama e paguei mesa. Mas, confesso, não encontrei a imagem da lembrança que eu tinha do que era o amor. Arrendei casas, tentei casar-me, mas não encontrei a mulher que me preenchesse a morada vazia que eu tinha no peito, vazia e ocupada por uma sombra longínqua, que nem eu mesmo já sabia o que era. Fui tolo, mas fui eu.

E todas as manhãs pensava o mesmo: Coisas do destino, desta vez é uma mulher que me procura e encontra.

Ele monologava porque seu coração sentia paz, mas também algo mais que ele não sabia explicar. A felicidade é uma mistura de alegria e medo. E havia uma pergunta que o visitava todos os dias: Com toda essa fortuna, porquê eu?

Certa manhã, Relíquia mandou-o buscar um rolo de linha ao baú para suturar um casaco que lhe comprara de presente. Lá foi ele assobiando, feliz e ocupado na satisfação dos afazeres domésticos. Abriu o baú, vasculhou umas tralhas e, como um choque, viu entre as poupanças de Relíquia uma argola de prata preta. Coçou os olhos baços, fixou bem o adorno, visualizou a imagem na memória, fechou os olhos e, sem querer, viu aberta também uma nuvem aguaceira que começou a pingar lembranças, lagrimansas como choro de velas, e ficou a tremer.

Pegou a argola, fechou o baú e voltou. Encontrou Relíquia sentada a coser. Ficou pasmado, como dizendo: Então, mulher, mandas-me buscar a linha e estás a coser? Coses com fio de vento ou quê? Mas não disse nada, não porque emudeceu, mas porque as palavras tinham ficado para trás. Percebeu naquele momento que, na verdade, nunca soubera o verdadeiro nome da menina da fila do outro lado, aquela que o despertara para a paixão, para a mulher, para a existência a meias e na plenitude. E percebeu que nem uma única vez ouvira a menina mencionar o nome dele, Esteban ou Língua. Simplesmente se deram, como matrimónio de duendes. Os duendes não têm nomes. Os escravos adultos até tinham o hábito de falar de si na terceira pessoa, mas as crianças não, estas simplesmente diziam tu e eu. E nunca os dois pronunciaram seus nomes um ao outro, nem um do outro. Acariciou a argola, voltou as costas para ir deixar a peça e trazer a linha, mas Relíquia interrompeu: A linha não está lá. Esteban percebeu que a linha nunca lá estivera, mas foi assim mesmo, arrastando os pés, até ao baú. Abriu a mala, colocou silenciosamente a argola, desceu a tampa, como se fecha uma reminiscência. E foi então que se abriu a caixa de pandora. Esteban, aquela criatura que não tinha lembrança do que era chorar, pois quando chorara nghue nghue fizera e pronto, soltou-se em prantos e soluços. A cada gemido, tentava conter a catadupa de imagens que lhe desciam como cataratas. Mas, quanto mais tentava, piores eram as explosões de lágrimas e de sons engasgados que lhe saíam das entranhas. Chorou tudo: a mãe e o pai, por estes não o terem assistido a dizer «não vou» ao Governador; o padrinho, por este ter morrido sem saber, por ele Esteban, o que só ele Esteban sabia de verdade sobre o menino Língua; chorou, por fim, o amor da sua vida, a mulher que estava ali a ouvi-lo, a que ficara no barracão sem uma palavra de despedida, sem uma palavra de esperança; chorou a vida não vivida, chorou o que ele mesmo nunca haveria de entender, chorou para expurgar a raiva, chorou para não matar, enfim, para retomar a vida naquele instante. Soou o nariz, secou as lágrimas e regressou à sala, altivo como sempre, mas com uma curvatura na dureza que valia toda a existência. Era a reconciliação. Olhou para Relíquia, que parecia distraída com o casaco, suspirou fundo e preparou-se para falar. Relíquia, que tinha escutado à distância toda a descarga de seu homem, levantou a cabeça e fez o que um verdadeiro amor faz nessas circunstâncias, perguntou-lhe: Estavas a rezar? Estava tudo tão calado!

E Esteban selou o assunto com a verdade que guardara toda uma vida, disse: Fui verificar o carreto de linha, e não está lá mesmo.

Relíquia ficou muda, por instantes, e parou de coser, porque não conseguia cerzir com os olhos alagados. Então, para disfarçar, perguntou com voz trémula: Tu és congo, negro? O Língua sorriu, deu dois passos, assobiou distraído e saiu. Ambos perceberam que havia medo nas palavras e não voltariam a tocar na lembrança, só no amor. Ele era ele e ela sabia. Ela era ela e ele acabara de saber. Era o que os dois queriam. Que mais podia ser dito, se tudo já estava consumado e festejado?

Vejo dois leões, uma zebra, centenas de macaquinhos de estimação nos braços de suas mamãs, dezenas de joaninhas do tamanho de umas melancias, papagaios de bicos do tamanho de uma tuba, patos, patinhos de duas patas número quarenta e quatro, tartarugas em pé com a carapaça às costas, javalis turcos, sáurios, esquilos a saltitarem do braço da mãe para o do pai, uns rinocerontes desdentados feitos de pele e osso, ursos pardos, onças pintadas erectas e várias criaturas trajadas à civil a correr atrás dos animais e dos instrumentos. Vejo acácias a dançar, tamarindos a voar, transmontanas de castanholas, minhotas de saias e chapeletas, de tamancos e vasos de leiteiras, vejo um porco vestido escoltado por uma galinha a fazer-se de cão, com trela e tudo, vejo duas doninhas brincalhonas que se atiram à água em cima do calcetado, uns palhaços arco-íris de narizes redondos como golfinhos. Estão todos diante de mim. Eu não estou louco.

— Bom dia, senhor condenado,

dizem-me.

Macacos me mordam. Reconheço o Celestino dentro de um forro de gorila. Mas manda a tradição que, mesmo reconhecendo a personagem da pessoa, não devo reconhecer a pessoa da personagem. Finjo não saber quem é.

— Bom dia, senhor gorila.

Celestino agradece e passa. Agora desfilam os esquilos numa choradeira brava por causa do calor, soluçam ao colo das suas estranhas mães. Reconheço uma das mães, a Zulmira.

— Bom dia, senhora tartaruga.

Também reconheço a girafa, dona Antónia Josefa, reconheço as duas mães com as suas joaninhas ao colo, são as mulheres do Paulo. A tamarinda é a senhora dos doces, a Ângela. Sentam-se no chão, todos diante de mim como num zoológico-aquário -botânico ambulante.

— Hoje é dia de Carnaval, senhor condenado.

É verdade. E está toda Falésia na rua a brincar. Brincar não é de brincadeira aqui, é o assunto mais sério deste lugar. Aliás, nós não temos distinção para as duas actividades na nossa língua falesiana. Há uma loucura sem a qual ninguém é completamente são.

"Nós somos os mansos e históricos falesianos". Acabamos de cantar o nosso hino nacional enquanto içávamos a bandeira esta manhã. Digo esta manhã porque aqui quase nunca içamos a bandeira. Pois a nossa bandeira não é reconhecida em parte nenhuma do planeta e nem nos interessa que sejamos reconhecidos pela bandeira. Na língua falesiana bandeira é um verbo, bandeirar Falésia quer dizer de uma assentada: *Atenção, falesianas e falesianos, por esta insigne bandeira temos a elevada honra de vos anunciar que no santo dia de hoje haverá um acontecimento que todos adoramos, que é a visita de um amigo*, e a bandeira fica hasteada. Portanto, hoje, confirma-se, vamos ter a visita de um Rei vizinho. Foi o próprio Rei que mandou uma missiva de amizade a Falésia, propondo o estreitamento dos laços de vizinhança, e estamos todos eufóricos. Finalmente, um Rei sensato e sábio.

Se eu pudesse hoje resumir Falésia dar-lhe-ia o nome de novo mundo novo. Na verdade, a nossa identidade é toda idêntica, essa treta de que existem quatro raças, cinco continentes e cinco oceanos, e que cada homem tem de pertencer ao lugar onde nasceu, isso é passado. Aqui em Falésia não é assim. Aqui há gente de Setecentos, do Barroco e do Rococó, gente de Oitocentos e gente de Novecentos, do Romantismo, do Classicismo, do Gótico, de tudo, vivendo num arquipélago-mundo rodeado por todos os mares da terra. Aqui há gentilícios de ilhas que levam vários continentes dentro, ilhas que flutuam e que mudam de nome consoante a declinação da língua falesiana de cada lugar. Aqui dizemos Falésia, noutras partes diz-se Aruba, Curaçao, Cabo Verde, São Tomé, Bonaire, Cuba, Haiti, Casamance, Guadalupe, Martinica, Guiana,

Reunião, Santo Domingo, Louisiana, São Bartolomeu, St. Martin, Saint-Pierre, Miquelon, Maurícias, Seychelles, Dominica, Granada, Santa Lúcia, Sea Islands, Jamaica, Suriname, Brasil, Estados Unidos, Colômbia, Venezuela, Malaca, Macau, Príncipe, Ano Bom, porque, embora sendo eu memória e arquivo deste povo, não sei dar conta de onde veio a tartaruga que se casou com a goiaba, porque a tartaruga é branca, a goiaba é morena, nem sei porque é que o coelho é parecido com a tangerina sua irmã, sendo a mãe deles baleia e o pai coqueiro cuja família tem apelidos Laranjeira, Lima, Pereira e Oliveira. São várias raízes num só homem.

direito humano. Todo o indivíduo deste mundo tem uma história para contar e para ouvir à nascença. A experiência pessoal é um caminho agudo de conhecimento. A história do Língua cruza-se com a de todos os falesianos na máxima harmonia. Todo o mundo quer conhecer a sua e a ligação desta às outras. Queira Deus que eu consiga até ao fim desta história ter uma árvore genealógica dos falesianos completa. Desde há muito tempo que me perguntam, senhor condenado, quem são os meus?, senhor condenado, eu sou de quem? E vou-lhes dizendo o que sei: Valdomira, tu és neta de José Papai Tavares. Os Tavares vieram da Guiné, curavam cegueira com coroas de ananás na cabeça do invisual. José construiu um casarão e começou a vender tudo o que a gente das ilhas precisava. E, em vinte e dois anos de negócio, vendeu dois burros, sete capacetes, vinte redes de pesca e duzentos mil ovos de codorniz. Foi precisamente nos ovos de codorniz que ele viu o ouro que mais ninguém na ilha tinha visto. Os ovos eram de basiliscos, dizia-se, e de cascas quebradiças como unhas de diabéticos. Assim, por um mistério qualquer que só José e as codornizes sabiam, em vez de gema e clara minúsculas como olhos de tigre, os ovos ao serem abertos deitavam oráculos ao comprador. Era tão infalível que ninguém na aldeia se casava antes de comprar o seu ovo de codorniz, ninguém viajava sem ver o caminho na fenda da casca, o povo não semeava sem consultar a gema e a clara lunática, e nada acontecia que o ovo já não tivesse previsto de dentro para fora. O ovo só não conseguia dizer o que dentro de outro ovo jazia, graças a Deus. Mas, de resto, foram os ovos das codornas de José que avisaram da peste negra na Europa, que condenaram um suspeito de ter ateado fogo ao Monte Graciosa, que viram um rei ser deposto e decapitado em França, os terramotos de Lisboa, o nascimento de uma estrela, a fome em Cabo Verde, tudo debaixo da maior ovação quando coincidia, e coincidia sempre. Nenhuma previsão alguma vez falhou. Bastava pagar e o ovo começava imediatamente na casca a dar sinais e palpites. Assim, o futuro passou a ser mais certo do que o próprio passado, que às vezes é mudado segundo a conveniência. O presente era apenas o momento tao para os habitantes comprarem ovos. Tudo deixou de ser por acaso, até o próprio acaso. E assim prosperaram José e seu negócio de basiliscos, até ao dia em que um ovo rotineiro qualquer, sem sinais exteriores que fizessem desconfiar, disse claramente ao comprador avulso que o mundo ia acabar no dia 17 de Março daquele ano. E foi o pandemónio. O ovo nunca falhara: Apocalipse. Entre gritos e choradeiras, o povo começou a preparar-se para fugir do fim do mundo. Os homens despiram as aldeias, selaram as bestas para a família, porque a viagem seria longa, montaram os porcos e os cabritos nas mulas, penduraram as aves em padiolas que os meninos levariam aos ombros, encheram garrafões e mais garrafões de milho, no pressuposto de que água haverá por aí, cobriram as mobílias, trancaram as portas e as janelas com pedras de cunhal, lacraram com barro os pardieiros e começaram a marcha, com os cachorros e os gatos atrás. Foi tudo muito rápido: partiu o primeiro homem e os outros seguiram-no, simplesmente assim. Bastou um dizer vamos embora, partamos, e todo o mundo zarpou. Entretanto, o da frente não sabia para onde ia, olhava para trás para se certificar de que o caminho era aquele, confiante de que alguém sabia, os de trás rezavam de cara para o chão e andavam, confiantes em que o da frente conhecia a rota, e marcharam. Andaram dias e noites sem parar. Dias 12, 13, 14 e no dia 15 já não havia pés, nem joelho, nem comida cozida, nem água. Um êxodo custa caro, perguntem a Moisés. A preocupação sempre foi ir rápido para onde o fim do mundo nunca costuma chegar. Mas para ir rápido eram precisas forças, para ter forças é preciso comer, beber e descansar, opções nada convergentes com uma expedição sem dono. A multidão começou a ficar pelo caminho, o da frente já ia pelo meio, o do meio já lá não estava, o último era de há dois dias, as crianças já berravam para amedrontar o próprio caos, os cães corriam atrás das mulas, as mulas pateavam os cães, os donos de uns e de outros se desentenderam, se afastaram, aqueles que estavam à frente tiveram de dormir, os de trás levantaram-se e empreenderam a fuga e, no dia 16, estavam todos tão longe, tão longe, que já nem sabiam onde estavam. Não era possível sabê-lo porque não havia sinais de alma humana nas redondezas. E não as havia porque, por onde quer que passou a notícia do ovo de basilisco de José Tavares, o mundo também acabou e não ficou criatura em casa para testemunhar o sucedido. Os vizinhos ouviram dizer que o fim do mundo vinha aí e aldeias inteiras se levantaram com as suas palhotas, seus pilões, seus currais e suas misérias às costas e puseram-se em fuga. Sem ninguém a quem pedir uma caneca de água pela vereda, os caminhantes já andavam de pura inércia, simplesmente uns atrás dos outros, cansados, sedentos e mortos, dizendo apenas: Se eles vão, nós também vamos. Dia 17, subiram o monte Mamulano, uns arrastando-se, outros de barriga no chão como lagartixas e outros como preguiças, um passo agora, o outro amanhã. Dia 18, os da frente chegaram a um cume e ficaram a esperar pelos irmãos mais velhos que ainda estavam no sopé, aguardando as esposas que carregavam os bebés e os meninos, os víveres e os haveres. E, no desespero, começou o desgoverno da fome: os porcos reservados para a multiplicação da raça no novo parto do mundo foram descidos a talho de navalha, os cabritos para serem cabras no outro mundo foram degolados e feitos cabidela, as galinhas chocas foram grelhadas no ninho, e começou a disputa. Dia 19, chegaram os penúltimos. Dia 20, os últimos com os impossíveis. Dia 21, reuniram-se finalmente todos no cume do monte, discutiram o melhor caminho para continuarem. Dia 22, arrancaram de novo, vamos embora antes que seja tarde, e ninguém deu pelo facto inadiável e inquestionável de que o dia 17 já tinha passado e que, portanto, ou o mundo se esquecera de acabar, ou só acabara nos vales e ribeirinhas vizinhos. Mas, concentrados apenas na fuga, a marcha em direcção a onde o mundo não acaba continuou, continuou e prosseguiu até as forças e os alimentos se esgotarem completamente. Então, os sobreviventes caíram desfalecidos por aí e ali ficaram plantados para a nova vida que forçosamente haveria de chegar. Ninguém cogitou a hipótese de o apocalipse se ter arrependido, ou de que o ovo de José tivera uma avaria. Não pensaram nisso, apenas se assentaram e não mais quiseram saber do passado medonho que um ovo colocara no futuro. Por isso, essas habitações pingadas nas montanhas que ali vês são rescaldos dos teus parentes. José Tavares foi um exemplo, ficou sozinho no fim do mundo, soltou as codornas e refundou o povoado das cinzas com gente que por aí passava e dava de caras com este milagre de Deus, casas vazias, água no pote, fogão à lenha com brasas enterradas, campinhos para as crianças brincarem, cercado para alimárias, tudo de graça e por obra de Deus. É que o mundo de antigamente era tão vasto que, quando acabava, havia lugares onde nem chegava a acabar.

E há muito que venho contando a vida de cada um nesta falésia. Ontem, porém, enquanto eu deslindava a ligação de Valdomira aos outros falesianos, Viriato, o meteorologista de Falésia, disse-me: Se o senhor condenado contar a história de um falesiano por dia vai precisar de noventa e três mil setecentos e oitenta e dois dias para nos ilustrar a todos. Ora, nessa base de cálculo, são precisos trinta e três anos antigos para o senhor desenlear a filiação de toda a gente. Depois de trinta e três anos, o senhor condenado terá mais duas vezes trinta e três gente à sua espera, que são os nascidos nesse interregno, o que equivalerá dizer mais duzentos e vinte e oito mil manhãs para narrar apenas a vida de cada falesiano. Ora, calculando os partos em gestação, o senhor vai precisar de mais ou menos quinhentos e cinquenta e dois mil amanheceres, sem contar que, por cada vez que o senhor condenado chegar ao fim de uma geração, vai precisar de mais dois milhões de amanheceres por causa dos recém-nascidos da genealogia seguinte. E, como as meninas estão a parir cada vez mais precoces, o senhor vai precisar de um número parecido a 365 elevado a 3 por cada vez que termina um ciclo, de modo que o próprio senhor terá de viver mais cento e setenta e sete trilhões de metros cúbicos de anos, o que corresponderá a quase um dia por cada grão de areia de todas as praias do mundo juntas, segundo os meus cálculos. Já investiguei e sei que existem estrelas com essa idade, portanto, o senhor condenado também poderá chegar a essa velhice iluminada, mas temo que as pessoas morram antes que se lhes diga quem as pariu, daí que convinha misturar as histórias de uns e de outros.

— Oh Viriato, um dia de cada vez e logo veremos. Viriato, tu és filho de Joaninha Mendes, que é filha da Benícia e do Francês, talvez o casal que mais marcou a história antiga de Falésia. A Benícia tinha uma empresa muito importante para a época, uma vaca com poderes curativos contra a varicela. E foi essa vaca que salvou este mundo de Deus por aqui. Os doentes vinham de toda a parte, com seus meninos esbatidos pela doença, com os corpos esburacados e pingando como um chuveiro entupido. Mas, graças a Deus, a vaca da Benícia já sabia de sua utilidade. Bastava que a ordem lhe fosse dada pela voz da Benícia: Pintada, arre. E a Pintada remoía a queixada, tirava da cavidade uma língua do tamanho de uma palmilha de botim. A língua saía já banhada de uma baba pastosa e com odor a feno dormido. Então, paciente como uma marajá, fazia zás e, de uma lambidela, apanhava as costas do paciente, o rosto, as pernas e os braços. Depois fazia uhhm, como um termómetro alarme, e a pessoa era retirada depressa como um figurino de cera quente. Estava curada. Vinha o doente seguinte e este, dois minutos depois, também saía rígido que nem boneco de terracota. Benícia recomendava: Venham lavar-se e bebam a água do banho. Isso dava nojo às pessoas, mas que inteligência: os princípios da urina e da penicilina são os mesmos. Quando o surto da varicela passou, Pintada continuou a ganhar a vida lambendo carecas de gente que queria recuperar os cabelos, ouros baços e pratas velhas que carecessem de brilho para o negócio, brasões e escudos da república que precisavam luzir, feridas crónicas como arranhaduras de gatos, mulheres com displasia mamária e juntas de máquinas calcinadas.

Agora comparo aquilo que o Rei quis que fizesse com aquilo que este povo quer que eu faça com o Língua. Concluo que tomei a decisão certa e, fiel ao princípio, agora vou terminar a biografia. A minha história também é inseparável da do Língua, assim como o é a história de cada habitante deste lugar. Tivemos a habilidade involuntária de criar não só um novo espaço no mapa mundi, mas também um novo tempo no imagomúndi. De certo modo, estou velho e cansado. E, de certo modo, talvez eu não seja mais do que uma imaginação deste lendário povo, mais uma de entre muitas formas de contar uma história.

— O Língua estava bem-aventurado e em sossego com sua Relíquia. Parecia alguém que tinha alcançado a iluminação. Um dia, conversando com uns amigos, chegou-lhe aos ouvidos que uns homens se tinham alçado, tinham montado os seus cavalos, alcançado as suas catanas e os seus fuzis e tinham-se posto a monte. A notícia soou-lhe como uma badalada. O seu espírito rebelde reacendeu-se, ele chamou Relíquia e disse-lhe: vou fugir, vou voltar. Falta-me um dever por cumprir. E desapareceu.

Nesse mesmo dia, alistou-se no exército dos camponeses e proprietários crioulos e foi para o monte lutar pela independência de sua ilha. Tinha ele 36 anos de idade. Passando a vida em revista, fazia exactamente trinta e seis anos que o Esteban tinha deixado a enfermaria por uma casa; fazia trinta e um que tinha deixado a casa pelo barracão, aos cinco anos de idade; fazia dezanove que tinha deixado o barracão pelo mato, aos 17; fazia nove que tinha deixado o mato pela cidade, aos 26. E agora deixava, pela última vez, a cidade pelo mato, aos 36 anos de velho.

Fez a guerra durante um ano e regressou ao indistanciável regaço de sua Relíquia, como prometera, deixando para sempre o mato. Tinha então dez anos de escravo livre, um de guerra e 37 de idade. Era o ano de 1896.

Da porta de sua casa, no dia 1 de Janeiro do virar do século em que nascera, calmamente intrigado como a manhã, viu chegar a independência como uma imagem de nuvem enraizada. Choveu repentinamente e o céu ficou como gente melancólica. Nação livre é outro sonho de um homem. Tinha ele 41 anos de idade.

No mesmo ano, da janela de sua casa, igualmente intrigado, viu avançar uma cavalaria anunciada como invasão estrangeira e assistiu impávido ao nascimento de duas palavras novas no seu vocabulário: capitalismo e imperialismo.

Da porta de sua casa, no dia 1 de Janeiro do entrar do século em que ia morrer, Esteban Montejo Mera viu chegar uma tropa anunciada como revolução nacional e assistiu impávido ao nascimento de duas palavras novas no seu vocabulário: socialismo e comunismo. Tinha ele 100 anos, mais precisamente, um século e sete dias correram desde que nascera escravo.

Acenou e chorou. Sua Relíquia já não estava com ele.

Morreu aos 105. Partiu para nunca mais regressar. Finalmente foi para onde a liberdade é absoluta e total e, mesmo em falesiano, se pronuncia Nirvana.

FINAL

Quem é Deus?
Pedir a este Senhor luz para O conhecer
Quem sou eu?
Pedir-Lhe luz para eu ver a minha miséria e conhecer-me.
Missal Romano

— Terminei.

Bem, parece que ninguém ouviu.

— Concluí.

— Senhor condenado, está a chegar um rei, aquele rei sensato que nos mandou a missiva, diz-me um menino.

— Sim, mas terminei a história do Língua.

Bem, vejo entrar um homem altamente pomposo na sua dinastia. Vem com toda a sua tribo e traz tudo nos mais subidos protocolos e formalidades. Ainda não acabou de entrar, pois os pajens e o resto da comitiva são mais de duzentos e, da forma como andam vestidos, dois pés não chegam para transportar tudo junto com o corpo. Já vi vários reis desses na minha vida, para mim é um rei como tantos outros, mas para Falésia, embora tenhamos reis ao pontapé, uma figura assim nunca este povo imaginou: é um rei com penas de patos e de peru trançadas na cabeça, um rei com uma coroa doirada feita de papel de lustro, joias com marcas de cola cuspida pelo cartão, chumaços com as asnas todas tortas, o rosto preto sem tintas nem sinais, orelhas sem brincos, nariz sem argolas, dedos sem anéis, peito sem franjas, braço sem tarja. Traz apenas um lustroso cordão de ouro de mais de dois metros ao pescoço, adereço comprado na feira da baratilha, certamente, porque lhe faltam vários grãos que se foram derretendo com o sol. Caramba, que rei é este?, perguntam os falesianos. Ele tem as golas do casaco repletas de medalhas de cartolina fixadas com ponto-cruz, exibe um novelo de fios e cordões prateados a fechar-lhe a capa sobre o casaco, um ceptro de pau de espinho branco que mais parece um cajado de cabreiro da Boa Vista. Veste umas calças com o cós acima do umbigo e amarradas com uma corda de bolina preta, com dois fios de engoma, com um remendo na polpa, um pé com bainha e o outro desfeito por traças, e tudo isso cheirando horrivelmente a pele de bode mal curtido. Mas pronto, rei é rei mesmo nu. E a rainha? Vejo a rainha: negra escura de olhos verdes, traz uma guedelha no cocuruto, tem dois dentes à frente e o resto da gengiva da cor da folha de abacate, leva vestidíssimo um mandrião branco cheio de fitas coloridas, vai descalça e cheirando a axilas roçadas, anda torta e diz oi oi oi, que merda é essa merda, oi oi oi. Pobre, está tão atacada de joanetes que seus pés parecem esquadros, oi oi oi, diz a cada passo, e por cada passo, um compasso de espera. De tal sorte que, para essa escangalhada e séria corte acabar de entrar em Falésia, é preciso paciência de S. Clemente. Entretanto, Aduzindo, o leiteiro aqui de Falésia, aproveita a deixa da rainha e pergunta-me em falesiano:

— Que régulo é essa figura, senhor condenado?

— É o rei da Tabanka, Aduzindo.

Vejo sua dúvida aguçar.

— Então não é rei de Portugal?

— Sim e não. É um rei de Portugal de brincadeira de verdade.

Ele tem os seus soldados esfarrapados, suas espingardas de pau de mimosa, suas fardas napoleónicas, seu desfile de todas as profissões europeias imaginárias e, na frente, o Bom Ladrão, esse ali que carrega o S. João. Estão a celebrar connosco a festa do mês de Junho, o início do ano agrícola. A tabanca é a mãe de todos os carnavais. É uma chacota de Corte que os negros inventaram para brincar aos brancos. O S. João é para legitimar o profano.

— E se esse rei veio para nos atacar?, perguntam-me os mais novos.

— Ninguém briga sozinho. Não se esqueçam do nosso hino nacional. Acho que devo contar-vos a história dos três reis vizinhos: Era uma vez três reis vizinhos. Dois deles se mancomunaram para atacar o terceiro que vivia numa ilha próspera e hospedeira chamada Bretanha. Os dois primeiros prepararam tudo no maior conluio, até ao último detalhe, verificaram se as espadas não tinham dentes, se os guerreiros levavam a bandeira para içar no palácio bretão, se havia corda suficiente para amarrar os prisioneiros e pendurar o rei, se levavam cartas e jogos para não morrerem de tédio quando tomassem o reino, contaram se estavam afiladas todas as duzentas e vinte e seis mil botas, todos os remos, as escafandras, os navios com cabeça de dragão na proa prontos a queimar a própria água, e partiram. E, por evocar o assunto, nesse dia o mar parecia uma labareda. As ondas encavalitaram umas nas outras e os barcos viraram como barcos de papel. Os homens se afogaram, as espadas se afundaram, a frota se desfez como armadas de areia. Alguns conseguiram uma tábua de salvação e deram à costa bretã como náufragos. Entretanto, como o rei da Bretanha ignorava aquele ataque, ao saber do marefício que se abateu sobre umas embarcações, mandou que se resgatassem todos os náufragos, que se lhes dessem roupas quentes, comida gorda, carne de caça, vinho e conforto nas guaridas do reino. E assim se fez. Os náufragos recuperaram o fôlego, agradeceram a hospedagem, gostaram da ilha e de sua hospitalidade, usaram as carcaças da frota como lenha, esquentaram os seus chás, fizeram fogueira, namoraram ao luar, amaram as mulheres bretãs, procriaram uns meninos bonitos e tornaram-se súditos de sua majestade o rei bretão para todo o sempre.

A visita continua. Aliás, está ainda no adro. Todo o mundo sabe que os falesianos são um povo que escuta e ouve. Os visitantes sabiam disso, porque fizeram um pianíssimo irrepreensível logo à entrada de Falésia. Agora estão a ser recebidos por vários reis nossos: o rei de espadas, de capa e espada preta, rosto de Kublai Khan, o rei momo, o rei Midas, entre outros. Estão todos acompanhados de suas rainhas peculiares, excepto os reis de baralho, que não têm rainhas, mas damas. Parecia haver um problema sério de etiqueta. Mas vejo que a questão já está a ser resolvida, povo imaginativo: vejo o rei de espadas a pedir emprestada a rainha de xadrez ao seu amigo jogador. E lá vão juntos à cerimónia. Vejo o rei de copas preocupado, parece dizer, onde irei eu inventar uma rainha?, e vejo que vai à colmeia do senhor Sebastião. Uma abelha rainha pediu. E lá vão juntos à cerimónia. Falta o rei de ouros resolver o seu problema, lá vai ele vestido como um doce de coco, pensativo, parece dizer também, onde irei eu inventar uma rainha?, e vejo que se dirige à capela e fala com o sacristão. A rainha Santa Isabel pediu. E lá vão juntos à cerimónia. Por último, vejo o rei de paus montado na sua cruzada, parece aflito porque não há mais rainhas em Falésia. Mas lá vai ele contente à cerimónia. Chega rodando nos dedos um porta-chaves. Pendurado na corrente está um peixe de dois centímetros, na circunstância uma raia muito pequenita e luzidia. E como em Falésia a palavra é que é a essência, uma raia pequenita diz-se rainha. Rainha é sempre rainha, mesmo que coroada com quatro anos de idade, mame no dedo e mije nos cueiros. Agora estão os reis todos sentados à mesa a tratar de assuntos muito graves e alegres. Estão felizes, a tomar pelas canecas de bebidas com que brindam, pelas pernas de peru que passam de mão em mão e pelas gargalhadas que saem de suas bochechas. Trocam prendas: os reis de fora dão-nos comida, aguardente, tambores, rosários e búzios. Do nosso lado, recebem da boca dos nossos reis um resumo de todos os meus anos de história. Despedem-se e acenam-nos com regozijo e saudade. É fácil o entendimento com um povo que já nasceu dentro de uma história.

Está toda Falésia de pé aplaudindo e vertendo lágrimas. Vejo o Leandro, o chapeleiro, a trazer-me um chapéu de lembrança e uma cantiga simples que cantarola sozinha, vejo o Eduardo, traz na mão o seu filho Inácio que tem cinco meses e diz-me: Toma o meu filho, senhor condenado, fica com ele. Vejo a Patrícia com um limão espetado ao alto, que é a técnica para não chorar desalmadamente, traz na mão a Luara sua filha: Toma minha filha, fica com ela, diz-me a mãe. Em falesiano, a expressão *ficar com* significa *passar o saber.* Não temos apego. Ficamos com alguém quando ficamos em alguém. Vejo o Manel, o alfaiate que sutura uma mesma camisa desde que cá cheguei, tentando que ela possa vestir a todos os homens e mulheres e crianças e velhos da humanidade sem necessidade de qualquer apropriação. Vejo a Cândida, que vem com dois copos de bambu na mão: Brindemos, senhor condenado, diz-me, e eu brindo, não sei a quê nem por quê, mas brindo. E vejo estático diante de mim o Viriato, o nosso meteorologista e mestre em contas abstractas.

— Senhor condenado, estão a nascer muito mais crianças do que previsto.

— Lembrem-se, vou ter de ser morto.

— Morto?,

riem-se.

— O senhor tem de terminar a história de todos os falesianos.

E só hoje, neste momento, reparo num pormenor: entre as pessoas existentes em Falésia, nenhum tem Montejo ou Mera como nome ou apelido. Isto quer dizer que o Língua não procriou, que a única coisa que ele deixa neste mundo é a história que acabo de contar.

Que paz sinto em mim. Pois, para além de tudo o que esse homem foi, acabamos de o fazer também imortal, contando sua história para um novo mundo.

Continua

© 2019, Mario Lucio Sousa

S696b Sousa, Mario Lucio (1964)

Biografia do língua : Mario Lucio Sousa — Rio de
      Janeiro : Livros de Criação : Ímã editorial,
      2019, 302p; 21 cm.

  ISBN 978-85-54946-12-8

1. Literatura africana. 2. Romance. 3. Cabo
Verde. 4. África Lusófona. 5. História da
África. I. Título.
                                    CDD 869

Ímã Editorial | Livros de Criação
www.imaeditorial.com